Hans Dieter Mairinger

Is Weihnachtn net mehr?

Mundarttexte zu Advent und Weihnacht

ISBN 978-3-902952-66-0
Bayer Verlag, Wilhering

Auf FSC-zertifiziertem Papier gedruckt und gebunden bei
Plöchl Druck in Freistadt.
Das verringert die Transportwege, das Geld bleibt im Land, sichert
Arbeitsplätze und die hohen österreichischen Umweltstandards.

Hans Dieter Mairinger

Is Weihnachtn net mehr?

Mundarttexte zu Advent und Weihnacht

Bilder von Karl Korab

Das Volk, das im Finstern wandelt,
schaut ein großes Licht;
über denen, die im Lande der
Dunkelheit wohnen, erstrahlt ein Licht.

Jesaja, 9,1

Vorwort

Was kann, was soll man über Weihnachten noch denken, noch schreiben, was nicht schon gedacht und geschrieben wurde? Die Themen Vorweihnachtshektik, Geschenketerror und weihnachtlicher Konsumwahn sind schon zu Genüge abgehandelt.
Auch die Einsamkeit am Heiligen Abend, die Flucht vor Weihnachten irgendwohin ins Warme und das leidige Thema mit ganz und gar unweihnachtlichen Mitmenschen, alles schon geschrieben und mehr oder weniger genial verdichtet.
Was bleibt da noch, was bedenkenswert und beschreibenswert ist und gar neu?
Eigentlich nichts, wenn man ehrlich ist.
Oder vielleicht Gedanken über das, was die Theologen das Geheimnis von Weihnachten nennen. Geheimnisse haben immer etwas Spannendes an sich. Wenn man von etwas nichts genaueres weiß, dann inspiriert das, dann beginnt so mancher zu suchen ohne Garantie darauf auch etwas zu finden.
Was ist das Geheimnis von Weihnachten? Da gibt's verschiedene Möglichkeiten, die Zentrale ist aber sicher die: Gott ist im Kind von Betlehem Mensch geworden. Ein ziemlich starkes und herausforderndes Geheimnis, vor allem für vernunftorientierte Rationalisten.
Trotzdem oder gerade deswegen lohnt es sich, darüber zu philosophieren, auch zu theologisieren, vielleicht sogar zu poetisieren.
Was ist es, was die Welt im Innersten zusammenhält, hat schon der große Dichter Goethe in seinem Faust gefragt. Diese Frage ist immer und immer wieder aktuell.
Vielleicht könnte man auch fragen: Was ist uns Menschen in unserem Leben das Wichtigste? Da gibt es vieles, vom Auto über die neueste Mode, vom Geld über einen Sonnenuntergang auf Capri bis hin zu einem Abenteuer am höchsten Berg der Erde. Alles mehr oder weniger Wichtigkeiten.

Aber müsste man sich auf das Allerwichtigste beschränken, dann bleibt wohl nichts anders übrig als lieben und geliebt zu werden.
Das wird wohl jeder für wichtig halten, vielleicht auch göttlich, denn das Wichtigste ist wohl immer auch göttlich.
Sagen wir einmal: Das, was die Welt im Innersten zusammenhält, das ist das Wichtigste, das Göttlichste in unserem Leben, die Liebe.
Und da gab es einmal einen Menschen, der nichts anders war als die Verwirklichung dieser Liebe. Dieser Mensch wurde vor zweitausend Jahren in einem Stall in Betlehem geboren. Zu schön um wahr zu sein?
Nein, vielmehr vielleicht ein Schritt auf das zu, was wir gemeinhin das Geheimnis von Weihnachten nennen.
Der Vollständigkeit halber sei noch erwähnt, dass es einige Nachfolger dieses göttlichen Menschen gab, die ihm schon sehr nahe kamen und durchaus göttlich genannt werden könnten. Da denk ich an einen Franz von Asissi, an einen Dietrich Bonhöfer, an einen Johannes den Dreiundzwanzigsten und so weiter und so fort. Ja, ich kenn auch ganz Unbekannte, die quasi stille Engel in Menschengestalt sind und tagtäglich nichts anderes tun als das, was dieses Kind von Betlehem getan hat, nämlich das, was die Welt in seinem Innersten zusammenhält – lieben.
Über das alles zu schreiben, zu poetisieren erscheint durchaus sinnvoll.
Na also, hat doch noch ein gutes Ende gefunden, der Jammer über das weihnachtliche Schreiben. Weihnachten und Weihnachtsgeschichten sind prädestiniert für ein gutes Ende, wobei das Nachdenken über das Geheimnis von Weihnachten eigentlich ohne Ende ist.

`s Geheimnis va Weihnachtn

Vier Kerzn

Vier Kerzn stengan neich und groß
und woatn jetzt auf Liacht,
se stengan auf an greanan Kraunz,
der schau nach Weihnacht riacht.

De easchte Kerzn brennt fia di,
fia deine Wünsch und Tram,
fia des wasd bist, was in dir is,
wiast lebst und wosd daham.

De zweite Kerzn brennt gaunz hell
fia oille, de um di,
de mit dir lebn in Haus und Dorf
in Freid und Harmonie.

De dritte Kerzn brennt fia d´Welt
fia Menschn weit und fern,
ob arm, ob reich, ob weiß, ob schwoaz,
hülf oille und habs gern.

De vierte Kerzn brennt fia de,
de jenseits oilla Zeit,
de gstuam san, in da Hoffnung drauf,
auf Liacht in Ewigkeit.

Z′ Weihnachtn

Des Unmögliche wird möglich
und des Unwahrscheinliche
wird wahrscheinlich
z`Weihnachtn.

Des Unvasöhnliche wird vasöhnt,
und des Unaussprechliche wird Wort
z`Weihnachtn.

Des Unglaubliche wird glaubhaft,
der Ungreifbare wird greifbar
z`Weihnachtn.

Da Unendliche wird endlich,
des Ferne wird gaunz nah
z`Weihnachtn.

Da Unsichtbare wird sichtbar,
da Unhörbare wird hörbar
z`Weihnachtn.

Da Große und Allmächtige
wird so wia mia san
kla und ohnmächtig
im Kind in da Krippn
z`Weihnachtn.

Sehnsucht

Herrgott,
neta der Hunga leidt
hat Sehnsucht nach Sattsei,
nach Erlösung aus oilla Not.

Herrgott,
neta der Költn leidt,
hat Sehnsucht nach Wärm,
nach an Platzl zum Lebn.

Herrgott,
neta der aus Nacht und Finstanis kumt
hat Sehnsucht nach Liacht und Erlösung,
hat Sehnsucht nach Weihnachtn.

So schwa

Maunche kinans gar nimma hean
des vüle Hallelujasinga
z' Weihnachtn,
weus nix net habn,
was zum Hallelujasinga is.

Sowas is traurig, -
gaunz traurig,
und macht Weihnachtn
so schwa.

Wia da Herrgott

Da Herrgott is Mensch worn,
dass da Mensch
a bissl so wird,
wia da Herrgott,.
so demütig und guat
und so voill Liacht,
des leicht in oille Nacht.

Erwartn

Herrgott,
was erwart ma net ois
jetzt, z´Weihnachtn.
Friedn und Freid,
Glick und Gernhabn,
Rua und Besinnung.

Herrgott,
was erwart ma net ois
jetzt, z´Weihnachtn.

Awa was tan ma dafia,
dass unsare Erwartungen
wirkli wean kinan?

Wünsche

Es is a schena Brauch,
dass de Kinda vor Weihnachtn
auns Christkindl an Briaf schreim,
wos oille eanare Wünsche einischreim,
des aun´s Christkindl haum.

Schad, dass´ sowas net fia Erwachsane gibt,
wirkli schad.
Weu i glaub, dass´ fia Erwachsene guat waa,
wauns üwa eanare Wünsch´ nachdenkn tatn.
Es gibt ja vül
de sang, i hab kane Wünsche net,
i wüll nix, i brauch nix.

Arm so Menschn,
de kane Wünsche mehr haum,
wo do Wünsche zu an Menschn dazuaghean
wia s´Amen zum Gebet.
A Mensch, der kane Wünsche nimma hat,
der hat ka Zukunft net,
und ma kunnt fast sang, der lebt nimma.
Da geht's net neta
um a neichs Auto,
an neichn Fernseha
oder neiche Schuach.
Na, ma kau si a a bissl a Aunsprach wünschn
oda an warman Händedruck,
vielleicht a afach a bissl Zualosn.

Lauta Wünsche,
die neta a bissl Zeit kostn
und so vül Lebn schenkn und Glick.

Jetzt im Advent

Jetzt im Advent,
waun draußn da Schnee ois zuadeckt,
und de Vegl zuwakuman
zum Fuadahäusl,
daun is‘ guat drinnan beim warman Ofn
waun a Kerzn brennt
und de Zimtstern riachn.

Draußn blast da Wind,
saukalt is’,
net amal an Hund
schickt ma vor d’Tia
bei dem Weda.

Awa drüm duat
unta de Bam,
auf ana Parkbaung,
da liegt ana, -
und vaschwindt sche laungsaum
untan Schnee.

Sterne hoch die Kreise schlingen,
aus des Schnees Einsamkeit
steigt´s wie wunderbares Singen –
o du gnadenreiche Zeit
Joseph von Eichendorff

A Weihnachtswunda

In de guadn altn Weihnachtsgschichtn
gschiacht oiweu irgndwia a Wunda.
Amal wird aus bettlarm stoareich,
daun aus winzigkloa riesngroß
oda a aus stockfinsta taghell.
Irgnd a Wunda,
a klans oda a groß´ Wunda
gschiacht oiwei
in de guadn alten Weihnachtsgschichtn,
weu ja Weihnachtn sewa
a a Wunda is, -
a Weihnachtswunda.

De Hoffnung waxn gspian

Jeden Tag
a Fenstal aufmachn
aufn Adventkalenda
und amal a Zweigl seng,
daun a Kerzal
und ab und zua a Sterndal.

Nix Haftigs net seng
im Adventkalenda,
und trotzdem,
de Hoffnung waxn gspian
auf des große Liacht,
des kumt daun z'letzt,
waun oille Fenstaln offn san
und s'Woatn a End hat.

Dei Liacht

Herrgott,
schenk uns a bissl a Liacht
in dera Finstan
aus Unfriedn und Streit.

Herrgott,
schenk uns a bissl a Liacht
in der Finstan
aus Aungst und Not.

Herrgott,
schenk uns a bissl a Liacht
in dera Finstan
aus Kriag und Untagaung.

Herrgott,
schenk uns dei Liacht
und lass´ nia net valöschn.

Aundas

Gaunz´ Jahr gfretta si so dahi
da unta da Bruckn
mit seine drei Plastiksackln
und an altn Fahrradl.
Neta heit
am Vierazwanzigstn auf d´ Nacht
da is ois a bissl aundas,
da gspiadas doppit
sei gaunze Armseligkeit.
Er schlagt an Doppla au,

wicklt si gaunz fest ei
in seine drei Deckn
und schaut, dassa umikumt üwa d´ Nacht.
Muang is daun eh ois vabei,
da wird´s schau wieda …

Da Weihnachtskaktus

A gaunz´ Jahr
stehta draußn am Balkon,
da Weihnachtskaktus,
tuat nix und deit nix,
kriagt sei Lackal Wassa
wia oille aundan Blumensteck a
und is sche stad.
Netta z´ Weihnachtn daun,
wauna drinnan steht
in da woaman Stubn,
da auf amal
faungta au zan Blian,
dass d‘ glaubst,
er mecht in Christbam
Konkurrenz machn.

Gaunz´ Jahr
a Mauablümchen
und z‘ Weihnachtn
a reine Pracht,
wia waun a sang woillt,
aun mia kinnts seng,
was a Wunda is, -
a Weihnachtswunda.

A bissl a Liacht

Wauns zeascht finsta woa
rundumadum
und du de Hoffnung
auf a bissl Liacht
schau fast aufgebn hast,
daun is a so a Kerznstummi,
den wer aunzint
in dera Finstan
fast sowas
wia Erlösung
aus Nacht und Finstanis.

A Liacht auzindn
in da Finstan
jetzt im Advent
net mehr,
awa a net weniga,
des kunnt sowas sei
wia Weihnachtn
fia den,
der a gaunz' Jahr
im Finstan sitzt
und woat
auf a bissl a Liacht.

Im Spital

Es is net schen,
waunst z'Weihnachtn
im Spital bleim muaßt, -
na, es is net schen.

Awa waun ma so schaut,
a Maria und Josef
haum net dahoam sei kina z'Weihnachtn,
wia des Jesuskind
auf d'Welt kuma is.
In an armselign Stall
haums Untaschlupf gfundn.
Da is so a Spitalszimma
ja direkt a Komfoa dageng.

Und waun ma schaut,
wia freindlich und liab,
dass grad z'Weihnachtn
de Schwestan und Doktan san,
daun tuats goa nimma so weh,
waunst z'Weihnachtn
im Spital bleim muaßt
und net dahoam sei kaust
in deine via Wänd'.

Ka Musik

Stöll da vua,
z'Weihnachtn gabs ka Musik,
ka Weihnachtskonzert vom Corelli,
ka Weihnachtsoratorium vom Bach,
ka „Fröhliche Weihnacht überall",
ka „Es wird schau glei dumpa".

Stöll da des vua
wia traurig des waa,
z'Weihnachtn ka Musik,
neta an Christbam
und Geschenke
und vielleicht nu a stülle Mess.

Na, uns brechat ´s Herz,
wauns z'Weihnachtn
ka Musik net gabat,
wo do grad de Musik z'Weihnachtn
in Hümmi leichtn lasst
und de Stern,
und wo ma gspian,
dass´ a Schenheit gibt,
de vazauwan kau
und uns glaubn lasst
aun ois Wundabare
was Weihnachtn bedeit.

Des Kind va Betlehem

Kinda san oiwei wieda a neicha Aufang,
san oiwei wieda a neiche Hoffnung,
so wia des Kind va Betlehem
a neiche Hoffnung woa,
dass des Kloane groß wird,
des Arme reich
und des Finstare hell.

Des Kind va Betlehem
is a Liachtl a kloas
was ois hell macht
in da finstan Nacht.

Schau aufi

Jetzt, im Advent
schau hi und da aufi zu de Stern
und tram a bissl
va Gernhabn und Friedn,
va Barmherzigkeit und Vazeihn
und va Glick und Seligkeit,
de koa End net hat.

Jetzt, im Advent
schau hi und da aufi zu de Stern
und gfrei di a bissl
üwa des Liacht und den Glaunz
und de gaunze Gschicht
vom Kind in da Krippn, -
gfrei di a bissl
und sei glicklich.

Ihr easchts Kindal

In ana laan Gartnhittn
hat sis auf d'Welt bracht
ihr easchts Kindal,
de Doris,
de grad siebzehn woa,
fast so wia damals de Maria
den kloan Jesus
im Stall va Betlehem,
neta Josef und Ox und Esl woan net dabei
und a Engln
haum net Halleluja gsunga.

In a groß´ Leintiachl
hat sis eigwicklt
des kloane Kindal
und daun hat sis
in a Wartehittl
va da Straßnbaun glegt,
dass´ wer findt.

Gaunz gschnell
hat des ois geh miaßn,
dass' neamt net dawischt.
Va ana Telefonzelln aus
hats zuagschaut,
was jetzt passiert
mit ihrm Kindal.

Wias daun a Frau entdeckt
und gnumma und ins Wiatshaus gengüwa
einitraung hat,
war ihr leichta,

da Doris,
schließlich woas ihr Kind, -
ihr easchts Kind,
so wia bei da Maria damals
im Stall va Betlehem.

Stöll ois aufn Kopf

Herrgott hülf,
dass ois Hümmlische
a bissl irdisch wird
jetzt z'Weihnachtn,
und dass des ois
Haund und Fuaß kriagt,
was sunst neta
in unsare Köpf umadumgeistat.

Herrgott,
mach de Großn kloa
und de Kloan groß,
mach de Reichn arm
und de Oamen reich, -
stöll ois aufn Kopf,
was so felsnfest dasteht
und si nimmamehr riat.
Schenk uns a neichs Lebn,
des Hoffnung gibt
und Zukunft.

Im Gfängnis

Waunst Weihnachtn
im Gfängnis absitzn muaßt,
daun gspiastas so richtig,
wia grauslich de Welt sei kau
und wia weit weg
des Christkindl is,
des was fia di
neta a Erfindung is
und a Märchn,
des neta de aundan a Freid macht
und nia net dir da im Gfängnis
z'Weihnachtn.

In de Kinda

Herrgott,
i hab des Gfühl,
dassd uns du
in de Kinda
gaunz nahe bist,
dass de Kinda
nu gaunz so san
wiast du damals woast
im Stall va Betlehem, -
so volla Zukunft und Hoffnung.
Und dass jetzt a Liachtl aufleicht,
des nimma valöscht,
und des oiwei leicht
a in da finstastn Nacht.

Es is a Gfrett

In an kloan Schrewagartn
mit ana kloan Hittn drauf,
duat haums oiwei Weihnachtn gfeiat
da Fredi und d´Susi.
Seit letztn Summa isa alloa,
sie hat an aundan gfundn.
Jetzt woaßa net
woa heia Weihnacht feian soill.
In da Schrewagartnhittn
da kuman sovül Erinnarungen,
da wuata sicha rean.
Und dahoam in da Wohnung,
da is´ net aundas.

Es is a Gfrett,
so Weihnachtn
alloa und valassn.
Woa a higeht,
üwarall is sie da
und machtn traurig.

Ma miaßat Weihnachtn vagessn kina,
awa leida,
des geht net.
Weihnachtn kau ma net vagessn,
Weihnachtn vafoilgt an
auf Schritt und Tritt.

A Kind va Betlehem

A jeds Kind,
des auf d'Welt kumt
is a Kind va Betlehem,
a Kind der Liebe,
a Kind des Friedns
und a Kind der Hoffnung.

A jeds Kind,
des auf d'Welt kumt,
is a Kind va Betlehem
und bleibt a Kind va Betlehem,
wauns gern ghabt wird
und a Familie hat
wias de Heilige Familie woa, -
voill Gottvatraun
und Zuvasicht,
dass ois
in Herrgott seina Haund is,
und dass´ guat is duat.

Mach an Stean

Aus deina laan Haund
mach an Brunn,
der was Lebn schenkt
und Liacht
Tag fia Tag.

Aus deina Sehnsucht
mach an Weg,
der zu da Krippn fiat
im Stall va Betlehem.

Aus dein kloan Lebn
mach an Stean,
der de Nacht hell macht
und nia mehr valöscht.

Des Wunda

Des Kloanste,
des Zerbrechlichste,
des Ärmste, -
des Kind in da Krippn,
des soill da Greßte,
des soill da Herrgott sei, -
da großmächtige Herrgott?
Wer soill des begreifn,
wer soill des vasteh?

Und aus Nacht wird Tag,
aus Finstanis Liacht,
waunstas aunimmst
des Wunda va da Heilign Nacht.

A dreckiga Stall

A dreckiga Stall
is do des Letzte,
wo a Kind auf d'Welt kuma kau.
Ka Wassa,
ka sauwas Bettal,
ka Zuadeck net, -
neta a Ox und a Esl,
a Gstaung,
a bissl a Hei
und a Fuadakrippn,
des woa ois.

Awa dafia
gaunz vül Hoffnung,
dass aus dem Kind
da Erlösa wird, -
gaunz vül Hoffnung
und Zuvasicht.

Weihnachtnen?
Die einzig interessante Geschichte
seit eh und je.
Charles Peguy

In diesen dunklen Tagen

Text: Hans Dieter Mairinger

Musik: Balduin Sulzer

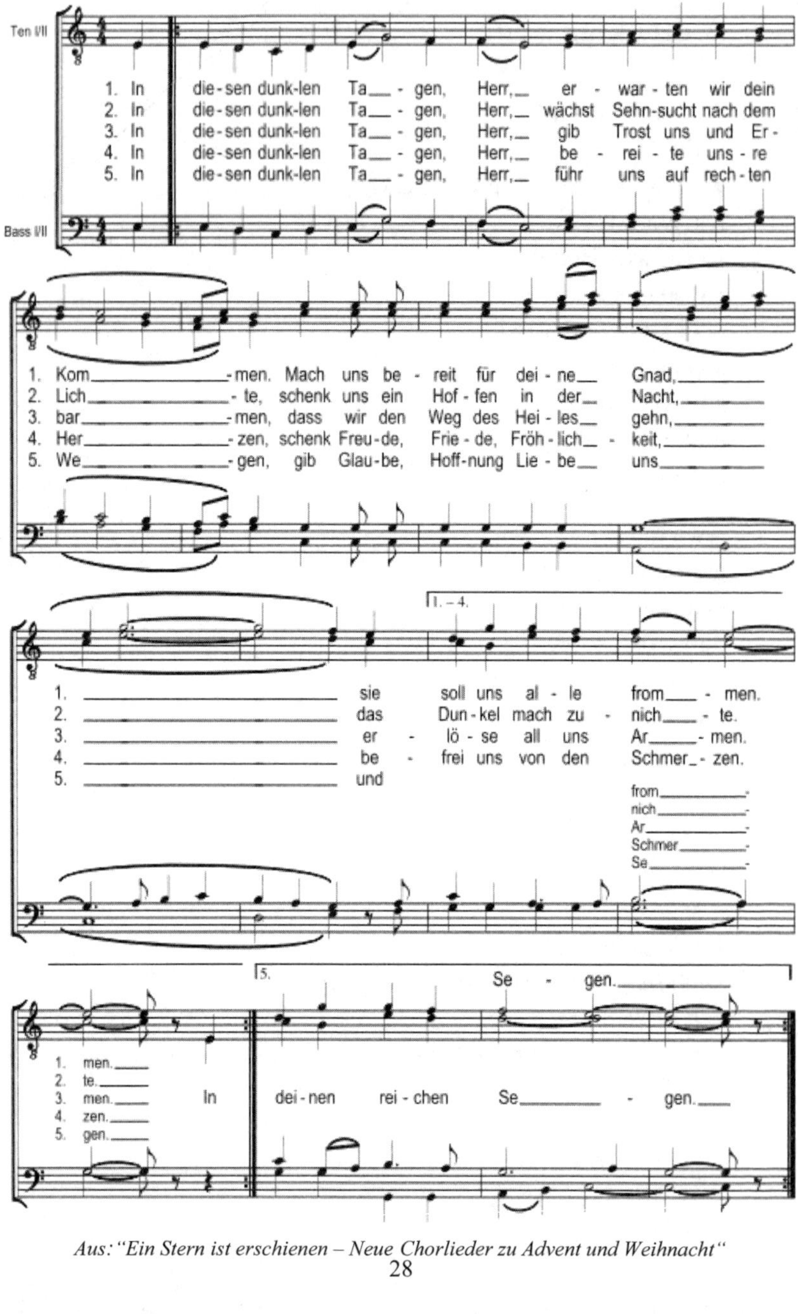

Aus: "Ein Stern ist erschienen – Neue Chorlieder zu Advent und Weihnacht"

Liachtameer

Glei nach Weihnachtn
haumsn aussitrang am Friedhof.
De vüln Liachtln
haum oille nu brennt
und hi und da
is sogar a kloana Christbam wo
auf an Grab gstaundn
mit gaunz vül Liachtln drauf.

Glei nach Weihnachtn
haumsn aussitrang am Friedhof
und einiglegt in des Liachtameer,
des wasn fuattrang hat, -
aufi zu de Stern.

Weihrauch

Er riacht guat da Weihrauch,
und i habs gern,
waun in da Kirchn
z'Weihnachtn
ois vaschwimmt
hinta de Weihrauchwoikn
und ois so is
fast wia im Hümmi so sche,
so guat riachad
und so volla Liacht, -
so gaunz volla Liacht.

In Nacht und Költn

Da Teich is zuagfroan,
üwarall liegt kniatiaf Schnee
und kalt is´, -
Gott daboam.

In so ana Zeit
is da Herrgott auf d'Welt kuma, -
in so ana Zeit
und hat uns Liacht bracht,
Hoffnung und Wärm,
dass ma net vazweufin miaßn
und dafriern.

In Nacht und Költn kumt a Liacht,
schenkt Gnad und schenkt Erbarmen,
schenkt Hoffnung und schenkt Zuvasicht,
und rettet all de Armen.

In Nacht und Költn kumt a Kind
vom höchtstn Thron hernieder,
wo Elend, Not und Armut sind,
und Engl singan Lieder.

In Nacht und Költn kumt de Gnad´,
kumt Gottes große Güte,
dass ma jetzt findn Weg und Pfad,
auf dem uns Gott behüte.

A Kind in Windln

Wia da Engl
de Hirtn de frohe Botschaft
bracht hat, da hata gsagt:
Heut ist euch in der Stadt Davids
der Retter geboren; er ist der Messias, der Herr.
Und das soll euch als Zeichen dienen:
Ihr werdet ein Kind finden, das in Windeln gewickelt,
in einer Krippe liegt.

Also genau wia mia,
als Kind in Windln
is da Herrgott zu uns kuma,
net allmächtig,
sondan ohnmächtig,
net als König oda Kaisa,
sondan als Kind in Windln.
Des muaß ma si amal vorstölln,
da Herrgott als Kind in Windln,
daun kriagt de gaunze Gschicht vom Herrgott,
wias so in da Heiligen Schrift steht,
glei an gaunz an aundan Klaung,
und ma vastehts a,
dass da Engl de Hirtn gsagt hat:
Brauchts eich net fiachtn, -
schließlich,
wer muaß si schau fiachtn
vor an Kind in Windln.

Lauta Gernhabn

Seit da Herrgott Mensch worn is,
is da Mensch ....
i woaß net wia i sang soill,
is da Mensch a Bruada
oda a Schwesta vom Herrgott,
weu do oille zwoa
in selbn Vata haum
und deselbe Muatta.

Seit da Herrgott Mensch worn is,
braucht si neamt mehr net fiachtn
vor neamt und nix net,
weu schließlich jetzt oille Menschn
Gschwista san, -
und vor Gschwista braucht ma si do net fiachtn.
Fia normal haum sie Gschwista gern,
so wia da Herrgott uns gern hat.
Und waun ma gern ghabt wird
und gern hat,
daun braucht ma si do nimma fiachtn,
net amal vorm Tod,
weu schließlich s'Gernhabn
nia net sterm kau
üwahaupt waun da Herrgott sewa
nix aundas net is
als wia neta lauta Gernhabn, -
a ewigs, unsterblichs Gernhabn.

Wia Kinda

Z'Weihnachtn
wean ma oille a bissl
so wia Kinda san,
unschuidig,
so volla Wünsche
und voill gaunz vül Tram.
Und Engl stengan auf amal
vor unsan Bett
und streichn uns üwa d'Haar.
Und waun ma munta wean
gengan unsare Tram weida,
waun ma aussischaun beim Fensta
und ois is weiß.

So wia Kinda wean ma
z'Weihnachtn
und voll Erinnerung aun damals,
wia ma nu Kinda woan.
Und daun san ma a bissl traurig
weu ois so weit weg is
und so laung vabei, -
des Wünschn,
des Trama
und de Engln, -
so weit weg
und so laung vabei.

Da Angelus Silesius

Da Angelus Silesius hat gsagt,
was hülfts da,
waun des Christkindl
nu so oft auf d'Welt kuma is
in Betlehem,
was hülfts da,
wauns net in dir auf d'Welt kumt.

Recht hat a,
da Angelus Silesius, -
gaunz recht,
weu ohne dass´ Christkindl
in dir lewendig wird,
is ois umsumst,
was damals gscheng is
im Stall va Betlehem.

Waun ma umkehratn

Waun ma Schwerta
zu Pfliag machatn
wias in da Heilign Schrift hoaßt,
daun het ma Brot
statt Tote.

Waun ma Launzn
zu Winzamessa machatn,
wias in da Heilign Schrift hoaßt,
daun het maWei
statt Bluat.

Waun ma umkehratn
und net so unvasöhnliche Dickschedln waan,
daun het ma Friedn statt Kriag
und ´s Paradies.

Da Heilige Josef

Waun ma in da Heilign Schrift so lest,
kumt ma drauf,
dass da Heilige Josef
nia kan Muxa net gmacht hat.
Na, er hat gaunz vül eisteckn miassn
und hat nia net zruckgred,
a net bei de schiachstn Sachn.

So an Mau brauchat ma,
der was auf Engln heat,
daun het ma in Friedn auf Erdn,
va dem de Engln gsunga haum
im Stall va Betlehem.
Awa da is da Josef a Ausnaum, -
a einsaume Ausnaum,
schad.

Stern

Stern san so irgndwie
Laumpn om am Hümmi, -
Hoffnungszeichn fia uns Menschn,
dass´ üwa uns do was gibt,
was uns leicht,
was uns trest
und was uns am Weg leicht
a in finstra Nacht.

So a Stern is a damals
üwan Stall va Betlehem gstaundn
und hat de Heilign drei Kini
in Weg zoagt
zum Kind in da Krippn.

I glaub,
dass oiweu daun
waun wo a Mensch auf d'Welt kumt
a so a Stern aufgeht
om am Hümmi
und dem neichn Menschn leicht
sei Lebtag laung.
A wauna a hi und da
net zum seng is, da Stern,
waun an Woikn oda Newi vadeckn, -
er is da und leicht
und is a Trost
a in da finstastn Nacht.

Im Kloanstn des Greßte

I woaß zwar net
wer des gsagt hat,
awa des is a gar net so wichtig,
es is jednfalls gscheit,
hab i des Gfühl:
Im Kloanstn is des Greßte
und im Greßtn is des Kloanste.
Muaß a Physika gwesn sei
oda a Philosoph,
oda vielleicht ana,
der was va oille zwa
was vastaundn hat.

Waun ma si des kloane Kindal
in da Krippn auschaut,
daun siacht ma eascht,
wia wahr der Satz is
vom Greßtn im Kloanstn, -
und des war net neta in Betlehem so,
sondan a daun,
waunst dei Haund gibst und vazeihst
und de Welt auf amal Kopf steht
neta wenig so an kloan Haundgebn.

Vahawat

Herrgott, vazeih,
i woaß,
des is a ziemlich respektlos´ Wort:
vahawat,
awa i glaub,
es passt guat zu dem,
was damals gscheng is
im Stall va Betlehem.
Und ma kunnt schau sang,
dass di du damals
mit uns Menschn vahawat hast,
schließlich bist ana va uns worn,
kla, arm und hüflos, -
gaunz so wia mia halt san.
Und du hast nimma
irgndwo va om awagschaut auf uns,
na, du bist uns auf Augnheh begegnt,
und hi und da sogar drunta.

Herrgott, schen,
dass´d di vahawat hast mit uns,
weu jetzt brauch ma ka Aungst mehr habn
vor dir und üwahaupt,
weu ana mit dema vahawat is,
der steht zu an,
der halt zu an, -
kau kuma was wüll.

Schneeflockalballett

De kloane Andrea sitzt beim Fensta
und schaut in Schnee zua
beim Schneim, -
wias umadumtaunzn
de kloan Schneeflockal, -
aufi, awi, umi, zuwi, dauni …,
es is wia a groß´ Schneeflockalballett,
was ma da jetzt siacht
vorm Fensta.
De an sitzn si zu de aundan,
und oiweu wieda kuman neiche nach, -
wo kuman de oille her,
und wer machts da om?

Sie kau si gar net sattseng
aun dem Schneeflockaltaunz,
de kloane Andrea.
Am liabstn tats gern sewa mittaunzn
mit oille de Schneeflockal.
So leicht taunzn in da Luft
und irgndwie wia a weiß´ Engal sei,
des was nix aundas net kennt
wia weiß sei und taunzn
und zaum mit oille de aundan Schneeflockal
de Welt weißa und schena machn
va Stund zu Stund.

Stüll

Stüll solla sei,
da Advent,
stüll und eiwendig.
Und Friedn solla bringa,
dir und deina Seel.

A bissl mehr Mensch
solla machn aus dir,
da Advent, -
a bissl mehr Mensch,
mit an Herzn an groß n,
a Haund a offne
und a Wort a guats.

Stüll solla sei
da Advent
und ois solla vawaundln
in Liacht und Friedn
und in Gnad und Heil.

Brauchst di net fiachtn

Brauchst di net fiachtn jetzt,
wauns finsta is und kalt, -
brauchtst di net fiachtn.
Zint a Kerzn au,
lass des Liacht leichtn in di eini
und gspias, wias hell wird
rundumadum.

Brauchst di net fiachtn jetzt,
wauns finsta is und kalt,
es kumt a Liacht,
glaub mas,
es kumt a Liacht
und macht ois hell,
was jetzt nu finsta is und kalt.
Es kumt a Liacht,
des nimmamehr valöscht
und hell macht ois,
was zuadeckt jetzt
de finstre Nacht.

Afach aunehma

Afach aunehma,
wasd net begreift,
wasd net vadienst,
wasd net erwartst, -
afach aunehma,
so wia damals de Hirtn
de frohe Botschaft augnuma haum, -
aufgstaundn san
und higaunga san,
duat wos hell woa und liacht.

Afach aunehma
de Gnad
und mitsinga
mit de Engln, -
neta mitsinga.

So afach

Aun de Waund va da Kasern
hat ana mit ana rodn Farbdosn
aufigspritzt:
Stell da vua, es is Kriag,
awa kana geht hi.

Wia i des glesn hab,
hab i ma denkt,
is eigantlich wahr,
so afach waa des
mitn Friedn.
Awa wer faungt au damit,
mitn Nethigeh, -
wer?

Hea eini

Hea eini in di, jetzt im Advent,
hea gaunz tiaf eini
und renn net davau.
Lass den gaunzn Wüawi draussn,
zint a kloas Liachtl au
und sei du sewa.

Hea eini in di, jetzt im Advent,
hea gaunz tiaf eini in di
und entdeck den Schatz,
der so sche glaunzt
tiaf drin in dir.

Des schenste

Des schenste am Dezemba is,
wauns schneibt und weiß wird
Land und Stadt und Wald.
Es is a bissl so
wia Märchen san,
geheimnisvoill und schen,
und du mechst einitauchn
in des große Weiß.

Des schenste am Dezemba is,
wauns schneibt
und ois weiß zuadeckt is,
was zerscht nu grau und schwoaz.
Und irgndwie is ois daun
wia Vasöhnung
nach an laungan Streit, -
a großa Friedn,
der ois neich macht
groß und guat.

Nöwi

I habs gern,
waun im Novemba da Nöwi
ois a bissl zuadeckt
und ausschaun lasst
wia gmalt, -
i habs gern.

Waun ma net ois siacht
kau ma vül bessa trama
va ana schenan und bessan Welt.

I habs gern,
waun im Novemba da Nöwi
ois a bissl zuadeckt
und a neiche Welt
aus lauta Tram
ois leichta macht
und hell.

Des Woatn

Des Woatn,
des is des,
was in Advent ausmacht.
Des Woatn
auf's Geheimnis
auf's Wunda,
auf's Liacht,
auf's Kind in da Krippn.

Des Woatn,
des is des
was in Advent ausmacht,
des is des,
was in Advent so sche macht
und so volla Hoffnung.

Zum Kind in der Krippe

Text: Hans Dieter Mairinger

Melodie und Satz frei nach einer Volksweise
von Hans Dieter Mairinger

Aus: "Ein Stern ist erschienen – Neue Chorlieder zu Advent und Weihnacht"

Wia im Hümmi

Da warn amal
a Gitarrist und a Gitarristin,
de haum so sche
mitanaunda gspült,
dass oille,
de was´ gheat haum,
gaunz feichte Aung
kriagt haum.

Amal,
grad vor Weihnachtn,
sans auf an großn Platz
va ana Stadt gsessn
unta an riesngroßn Christbam
und haum gspült.
Maunche Leit san steh blim
und haum eana
gaunz aufmerksaum zuagheat,
aundare san neta vabeigaunga,
weuses so trawig ghabt haum
und Weihnachtsgeschenke
kafn haum miassn.

Unta de awa,
de was eana zuagheat haum,
war a a kloas Diandl
in an rosarotn Mantal
und an weißn Hauwal.
Und wias de schene Musi gheat hat,
hats zum Taunzn augfaungt
wia a kloas Engal
so schen.

Und de Leit rundumadum
haum neta mehr
auf des kloane taunzade Diandl gschaut,
und warn gaunz vazauwad
va dera schen Musi
und dem taunzadn Diandl.

Und wia daun
de Musi goa woa,
und de Leit oille klatscht haum,
wo ma net genau gwusst hat
obs fia d'Musikantn woa
oda de kloane Tänzarin,
da is des kloane Diandl
gschnell zu seina Muatta grennt,
de was´ mit offene Arm
aufgfaungt und zuwadruckt hat
vor lauta Freid.

De Leit rundumadum
warn gaunz selig va dera schen Musi,
dem taunzadn Diandl
und dera Muatta,
dass´ richtig feichte Aung kriagt haum
aus lauta Freid,
und weus den gaunzn Wüawi
rundumadum vagessn haum
fia a Neichtl,
und irgndwie woan wia im Hümmi,
wo neta lauta Freid is und Friedn.

Wia de Muatta Maria

Hi und da san ma
wia de Muatta Maria
am Weg nach Betlehem
so arm und miad,
so vazagt und enttäuscht
und so gaunz ohne Dach
üwan Kopf.

Hi und da san ma
wia de Muatta Maria
und gspian trotzdem,
dass uns wer halt und fiat
durch de finstare Nacht.

Weihnachtlich

Z'Weihnachtn, heat ma,
dass in de Familien
am meistn gstrittn wird,
und de Frauenhäusa
bummvoill san.

Weihnachtlich is des natirlich net,
awa weihnachtlich is vül net
z'Weihnachtn,
und trotzdem,
oda vielleicht grad desweng
is da Erlösa kuma damals
im Stall va Betlehem.

Advent

Advent bedeit net neta
Gschäft und Hetzarei,
kafn und renna
und am Sunntag auf d'Nacht
gschnell a Kerzal auzindn.

Advent bedeit woatn
auf a Liacht, -
a hells Liacht,
was Hoffnung schenkt
und Trost
in da finstan Nacht.

Vielleicht

Vielleicht is des ja ois
gar net so gwesn,
hat da Onkl Ferdinand gsagt,
des mit da Herbergsuche
und des mit dem Stall
und dem Kind in da Krippn.
De, de des ois aufgschriebn haum,
de Evangelistn wia sa si nennan,
de warn do oille net dabei.
Vielleicht haum de des oafach neta aufgschriebn,
was eana de Leit so dazöhlt haum.

Und trotzdem,
a waun vielleicht ois gaunz aundas gewen is,
i heas und les´ oiweu wieda gern

des va dem Engl,
der de Hirtn de frohe Botschaft bracht hat,
und va dem Kind in da Krippn,
des um Mittanacht auf d'Welt kuma is
und da Herrgott sewa sei soill,
glei nem Ox und Esl.
Ja, i heas und les´ oiweu wieda gern,
weus so sche is,
weus so guat is,
und weus so volla Trost is
in Nacht und Finstan
und in oilla Trostlosigkeit.

Alloa

Wia wüllst denn du heia
Weihnachtn feian,
wos d´ do jetzt gaunz alloa bist.
Alloa kau ma do net
Weihnachtn feian,
zum Feian gheat do a Schüwi Leit,
a Musi, was zum Essn und Tringa,
a Gaudi und a Lachn.
Alloa, was wüllst denn da tuan,
z'Weihnachtn?

Nau ja, es is net gaunz leicht,
awa aussa an Schüwi Leit,
hab i a ois zum Feian:
a Musi, was zum Essn und Tringa,
ja sogar a bissl a Lachn geht,
waun mas prowiad.
Nau und Christbam und so,
der brennt a fia mi alloa,
vielleicht sogar a bissl hella
als waun de Stum bummvoill waa.
Und ´s Weihnachtsevangelium vom Lukas
des les i ma halt sewa vua,
i bi do a wer.
Und als Gschenk
da leg i ma Sachn untan Christbam,
de mi aun fria erinnan,
wia ois nu a bissl leichta war.
Nau und launs gar net aundas geht,
daun rea i halt a Gsetzl,
des tuat guat
in dem gaunzn Glaunz rundumadum
und es zoagt mas,
wia traurig Weihnachtn a sei kau
und wia sche trotzdem,
weus trotz oilln
a Liacht schenkt, a Hoffnung
und vielleicht sogar an Friedn,
wira vasprochn worn is
damals va dem Engl
am Feld va Betlehem.

Damals im Stall va Betlehem

Finsta is´ und kalt,
und stürma tuats a und schneibn.
Is´ a Wunda,
waunsdas gern warm hetst und hell
in dera finstan Jahreszeit.
Da kumt Weihnachtn
wia gwunschn, -
das Fest des Lichtes
und der Wärme des Herzens,
wauns guat geht.
Leida geht's net oiweu guat
und net fia oille,
weu es bleim oiweu a üwa,
fia des finsta bleibt z'Weihnachtn
und kalt,
und de si nix mehr winschn
als dass´ endlich vabei is,
des Weihnachtn,
wos oille vom Friedn singan
und va da Liebe,
awa auf de,
de was Friedn und Liebe am notwendigstn brauchatn,
auf de wird vagessn
wia auf an luckadn Rengschirm,
den kana nimma auschaut,
weua fia d'Katz is.
Daweu soills grad z'Weihnachtn
kan net gebn,
der fia d'Katz is, -
a wauna a Sandla is,
a Rauschkugl oda sunst a Awizara.

Z’ Weihnachtn is jeda a Mensch,
soillts wenigstns sei,
a Mensch wia du und i
mit helle und finstare Seitn, -
awa Mensch is Mensch z’Weihnachtn
vor da Krippn in Betlehem,
wo de arman Hirtn niedagfalln san
auf eanare Knia
und gaunz wundalich gwen san,
dass wirkli wahr der kuma is,
va dem da Engl erzöhlt hat
am Feld in Betlehem,
da wundschene Engl
mit seina frohn Botschaft
fia d’gaunze Welt,
und also a fia di,
und de Sehnsucht nach Liacht und Wärm,
de des Kind bracht hat
damals im Stall va Betlehem.

Die Nähe Gottes
im Stall von Bethlehem
ist ein Stern in dunkler Nacht –
auch heute noch.

Helmut Thielieke

Da Herrgott

Waun des da Herrgott is,
des kloane Patschal
in da Krippn
im Stall va Betlehem,
daun kau i ma net vuastölln,
dass da Herrgott ana is,
der was Flugzeig abstiazn lasst
und Schiff untageh, -
und der kloane Kinda
unschuidig steam lasst.
Na, der Herrgott,
der damals in Betlehem
auf d'Welt kuma is,
der kau net der sei,
der fia ois Schlechte und Schreckliche
zuaständig is auf dera Welt,
na, der kau des net sei.

Des goildane Zeig

Oft siacht ma in ana Kirchn
a Muattagottes
mitn Christkindl am Schoß,
und des hat a goildane Krone auf
und in sein kloan Handal,
da halts a goildane Weltkugl.

Und auf amal
weans lewendig, de zwoa.

Und ma heats genau,
wia ´s kloane Christkindl want.
Da fragt sei Muatta:
Warum wanst denn, Büawi,
tuata was weh?
Und des Christkindl sagt:
De goildane Krone,
i waß net, de druckt mi a so,
a papierana Tschako waa ma liawa.
Und de goildane Kugl da,
de i oiweu in da Haund haltn muaß,
a Schewal zum Spüln waa ma vül liawa.

Nau und de Muattagottes,
a guats Leit was´ is,
tuat dem Christkindl
sei goildane Krone awa,
macht eam an papieran Tschako
und setzt eaman auf.
Und statt dera goildanen Kugl
kriagts a Schewal zum Spüln.

Jetzt heats auf zum Rean
´s Christkindl.

Des gaunze goildane Zeig,
des passt gar net zu mia,
denkt sa si,
und lacht …

So wundabar

Ois is so wundabar,
de Jungfrau,
de a Kind kriagt,
des mit da Krippn
und de Hirtn
und d´ Rettung
vorm Herodes seine Knecht
und de Flucht daun
nach Ägyptn.
Ois is so wundabar,
so wia im Märchn,
fast net zum Glaum.

Und do,
wauns net gwen waa,
es fehlat was:
a bissl Liacht
in dera finstan Nacht
und gaunz vül Hoffnung
auf a bessre Welt.

De Heil'ge Gschicht

I spül so gern an Hirtabua
und gfrei mi, waun ma d'Leit hean zua,
wia i dazöhl de Heil'ge Gschicht,
de wirkli wahr is, net dadicht
vom Kind, des was da Herrgott gschickt
und wia ois gscheng is und wia ois glickt.
Zeascht schau vom Engl, der vakindt,
Maria, de was ohne Sind,
soill kriang a Kind vom Heilig'n Geist,
den Erd und Hümmi, oilles preist.
Und daun de Herbergsuach, des Gfrett,
wo d'Wirtn nirgands nia koa Bett,
und wo daun z'letzt des Heil'ge Paar
an Stall fia d'Nacht findt, wirkli wahr,
wo daun des kloane Kind geborn,
zum Heil der Welt wars auserkorn.
Und Hirtn, ja, drausst aufn Feld
de haum erfahrn vom Herrn da Welt
und san daun awi zu dem Kind,
des uns de Rettung, ´s Heil vakindt.
Geborn is uns a großes Liacht,
des Hoffnung schenkt und Zuvasiacht.
Jetzt singts und jubits laut und froh
singts oill´ in dulci jubilo.

Sovül Möglichkeitn

Es gibt heitzutag sovül Möglichkeitn,
dass ma net alloa
Weihnachtn feian muaß.
Ma kau üwa Weihnachtn
auf Schiurlaub foan
oda nach Gran Canaria
und is net alloa.
Ma kau üwa Weihnachtn
in a Klosta geh
und mit de Schwestan oda Briada feian
gaunz fromm und katholisch.
Nau und ma kau üwa Weihnachtn
per Zeitungsanoncn irgendwen eilana,
der a alloa is
und mit dem daun Weihnachtn feian.

Es gibt heitzutag sovül Möglichkeitn,
dass man net alloa feian muaß
und waun ma sein Kanari
a goildans Ressl
in Käfig hängt,
und si sagt,
warum net mit an Kanari
Weihnachtn feian,
schließlich warn beim easchtn Weihnachtn
a zwoa Viecha dabei
Ox und Esl.
Nau drum,
warum eigentlich net mit an Kanari feian?

Oiweu wieda

Es gibt des Schene und des Guade,
es gibt des Gernhabn und Vazeihn,
es gibt in Friedn und des Mitanaunda, -
des ois gibt's.
Und Weihnachtn is des Fest
was uns drau erinnat,
dass ma Menschn san mit an Herz in da Brust
und ana Sehnsucht nach Gernhabn und Friedn,
de was si damals erfüllt hat
im Stall va Betlehem
und de si heit erfüllt, oiweu wieda,
waunst du umarmst und Friedn stifst
jedn Tag oiweu wieda.

Mehr Mensch

Was nutzn de vüln Kerzn am Christbam,
waun dei Herz und dei Kopf finsta bleim,
weust net gernhabn kaust und vazeihn.

Was nutzt des vüle guade Essn z'Weihnachtn,
waun draussn vor deina Tia Armut is und Hunga
und neamt net Trost schenkt und Liacht.

Was nutzn de vüln Geschenke und Packln
untan Christbam,
waunst net Gernhabn schenkst und Friedn,
und waunst net a bissl mehr Mensch wiast
jetzt z'Weihnachtn,
a Mensch mit an großn Herz,
des Hoffnung schenkt und Liacht.

De Hirtn

De Hirtn
in de Salzkaummaguatkrippn,
de haum de sondabarstn Naumen.
Da hoaßt oana Jucheissa
weua va lauta Freid jubilt und singt
wia net gscheit.
Daun gibt's an Wunnara,
an halt,
der was a Wundaluckn is,
wia ma so sagt,
und si üwa d'Stern
und des kloane Kind in da Krippn wundat,
weu des ja do net jedn Tag passiert,
dass in an Stall fia Rindviecha
a Kind auf d'Welt kumt.
Nau und daun gibt's an kloan Buam,
den was' „Vata lass mi a mitgeh" nennan.
Der het schau laung ins Bett gheat,
awa wira gheat hat,
dass jetzt oille zum neigebornan Jesus
im Stall va Betlehem gengan,
da woillta halt a dabei sei,
und hat sein Vata aubedlt,
dassan mitnimmt,
a wauna eigantlich ins Bett ghearat.
Nau und daun gibt's da a nu
in Lampitraga und in Kriagalmau,
lauta Hirtn,
de was dem kloan Kindal
a Freid machen woilln
mit an kloan Lampi

oda mit an Kriagal voill Mülch.
Und z'letzt is in de Salzkaummaguatkrippn
a nu da Stachal,
der was a rechte Schlafhaubn is,
und der fast ois des Wundabare
in dera heilign Nacht
vaschlafn het, -
waunan net sei Freind
aufgweckt
und mitgnumma het.

Ja, so sondabare Naumen
haum de Hirtn
in de Salzkaummaguatkrippn
und zoang uns,
was des Wunda va Betlehem bedeit:
a Gfrein und a Wundan,
a Gernhabn
und a Sehnsucht nach Liacht und Erlösung,
wias uns des kloane Kind bracht hat
im Stall va Betlehem.

Lebn

Es gibt Leit,
de vom Septemba au,
schau aufaungan
und aun ana Krippn bastln,
dass´ daun Aunfaung Advent fertig is.
Da steckt daun vül Mia und Plag
und gaunz vül Zeit drinnan
und machts wertvoill so a Krippn.

So is' mit oilln,
was uns wertvoill is,
obs jetzt a Krippn is oda a Mensch.
Mia und Plag
und gaunz vül Zeit
machns wertvoill
und schenkn Lebn, -
a schens, guats und ewigs Lebn.

Geschenksideen

De Zeidungan san voill
mit lauta Gschenksideen,
mit lauta Sachn,
de ma kafn kau
und daun schenkn.

Awa nirgands net
findt ma Geschenke,
de ma zwar schenkn kau,
awa net kafn.
Gernhabn zum Beispül oda Vazeihn.
A vielleicht Hoffnung und Zeit.
Oda a vielleicht a guats Wort
und a kloans Lachn.
Lauta Geschenke,
de ma nirgands net kafn kau,
de awa Freid und Liacht schenkn kunntn, -
echte Weihnachtsfreid
und echts Weihnachtsliacht.

Weihnacht, a Gnadnzeit

Text: Hans Dieter Mairinger

Musik:Franz Tomschi

Aus dem Liederbuch „Ein Stern ist erschienen“
Neue Chorlieder für Advent und Weihnachten, BayerVerlag

Nix wia woatn

Woatn, -
nix wia woatn.
Unsa gaunz Lebn
is nix aundas net
als wia a Woatn.

Zeascht woat de Muatta
bis's endlich so weit is
und ihr Kind
auf d'Welt kumt.
Daun haßts woatn
bis´ greßa wird,
bis´ in d'Schui kumt,
bis´ an Beruf hat,
bis´ sewa a Familie hat ....

Woatn,
nix wia woatn
is unsa Lebn
so wia da Advent,
wo ma a woatn,
dass´ hell wird
in da Heilign Nacht, -
hell und guat.

Wia a guade Fee

Oille wünschn si
weiße Weihnachtn,
weus so sche is,
waun da Schnee ois zuadeckt,
was grau, schwoaz und dreckich is.
Mit ana weißn Schneedeckn
schaut de Welt glei vül hella,
unschuidiga und sauwara aus,
a wauns drunta vielleicht
kohlrabnschwoaz is.
Awa weiße Weihnachtn
is wia a guade Fee,
de de Welt vazauwad fia a Neichtl
und schena und bessa macht.

A wauns gwiß is,
dass der schene Schnee
muang schau wieda weg is.
Trotzdem, de weißn Tram
san do schen
und lassn ois Schwoaze vagessn
fia a Zeitl
und vielleicht drauf hoffn,
dass amal ois weiß wird, guat und sche
und daun oiweu so bleibt.

Geschenke

Weihnachtn ohne Geschenke,
des is koa Weihnachtn net,
weu zu Weihnachtn Geschenke dazuaghean
wia ´s Amen zum Gebet.

Neta was tuat wer,
der neamt net hat,
der eam was schenkt,
und dem er was schenkn kunnt?

So a Mensch
is a arma Mensch,
net neta weua koane Geschenke kriagt
und schenkn kau,
sondan weua net gspiat,
was Gernhabn is
und wia guat ´s Gernhabn tuat.

Drum,
waunst so an Menschn kennst, -
so an arman Menschn,
daun schenk eam was,
a wauns neta a bissl a Zeit is,
a wauns neta a warma Händedruck is
oda a bissl a Zuahean.
Es braucht oft gar net vül
und ma gspiat a Gernhabn,
des was froh macht und glicklich.

Weihnachtsfreid

Na, Weihnachtn kau man net davaurena.
Sovül ma a rennt,
es hoilt an oiweu wieda ei
und klopft an auf d'Schuilta
und sagt: Was rennst denn a so,
siagst net,
dass da des gar nix hülft.
Warum fiachst di denn vor mia,
i tua da ja gar nix,
i wüll ja neta,
dassd glicklich wirst,
sunst nix.
Und du rennst davaun vor mia.

Und daun schaust dem Weihnachtn
in's Gsicht
und siachst auf amal
dass´ wirkli a Bledsinn is,
waunst dem Weihnachtn davaurenst,
und du gspiast auf amal,
dass der vüle Rummi
und de gaunze Hastarei
ja gar nix z'tuan hat mit Weihnachtn,
dass Weihnachtn gaunz was aunda is,
vül stülla, vül schena
und vül mehr Freid, -
Weihnachtsfreid,
de des Kind in da Krippn bringt,
net der gaunze Weihnachtstrubi,
ders neta zuadeckt de Freid, -
de Weihnachtsfreid.

Ohne di

Was san des fia Weihnachtn ohne di,
alloa vorm Christbam steh
und Rotz und Wassa rean,
weusta a aundare gfundn hast,
a schenare, a bessare, -
ane, de da bessa zum Gsicht steht,
wiast gsagt hast.
Und mi lasst jetzt alloa z'Weihnachtn.
Hast denn du ka Herz net im Leib?
Alloa vorm Christbam steh,
da muaß an ja s'Herz brechn.

Mensch wean

Da Herrgott is Mensch worn, -
a kloana und hülflosa Mensch.
Net zum Vasteh sowas,
awa sche,
waunst drau glaubn kaust,
wirkli sche.
Und am oillaschenan is´,
waunst du a Mensch wirst,
a richtiga Mensch,
der guat is und gernhat,
der hofft und der vatraut,
und der si a Beispül nimmt
am Kind in da Krippn,
des sovül Freid und Heil bracht hat,
wasd a du bringa kaust,
waunst a Mensch wirst, -
a Mensch aus Guatsei und Gernhabn.

Gaunz alloa

Warum fiachst di denn du
vua Weihnachtn,
frag i de Tante Fany,
vor Weihnachtn brauchst di do net fiachtn,
auf Weihnachtn kaunst di gfrein,
schließlich singan oille:
Fröhliche Weihnacht überall.
Awa net bei mia,
sagt de Tante Fany
fast a bissl trotzig.
Wia soill i mi auf Weihnachtn gfrein,
waun i do gaunz alloa bi
und mit neamt net feian kau?
Kumst halt zu uns, sag i drauf,
und feiast mit uns.
Na, des is zwoa liab va dir,
awa so irgndwie gnädig
wo Untaschlupf findn,
des mag i net,
da vakriach i mi liawa
bei mia dahoam,
koch ma was Guats
und schau ma a bissl was
im Fernsehn au.
Vielleicht vagiss i daun,
dass i alloa bi, -
vielleicht.

Frang üwa Frang

Was woilln ma eigantlich
z'Weihnachtn,
was wünsch ma uns eigantlich
z'Weihnachtn
und um was geht's denn eigantlich
z'Weihnachtn?
Frang üwa Frang,
und de Auntwortn,
de falln uns oiweu schwara,
weu uns der Wüawi derisch macht
und da vüle Glaunz blind
fia oille Frang,
fia oille Auntwortn, -
fia des, was uns Engln sang
in ana stülln Stund.

Friede den Menschn auf Erden,
die guten Willens sind, -
haum de Engln damals gsunga,
und is´ des a heit nu,
was ma woilln und wünschn
in unsara Not?

Herrgott mach uns Ohrn und Aung auf,
dass ma net blind
in de falsche Richtung rennan
und net seng und hean
was unsa Herz suacht
voill Sehnsucht und Hoffnung auf Liacht.

Am Friedhof

Jetzt, z'Weihnachtn
genga ma am Friedhof,
zintn a Liachtl au
und denkn aun de,
de ma amal gern ghabt haum,
awa de nimma bei uns san.
Und do,
mia gspian,
se san nu da,
so wias amal da warn fia uns,
und mia haums heit nu
genau so gern
wia damals.

Es heat net auf des Gernhabn,
es lebt weida,
waunstas du weidalebn lasst
in Kopf und Herz.
Und es is a Trost
waunst jetzt z'Weihnachtn
aufn Friedhof gehst,
a Liachtl auzindst
und dastehst mit laare Händ,
awa mit an voilln Herzn aus Gernhabn,
des nia net stiabt.

Ohne Weihnachtn

Na, net zum Ausdenga,
waun ma im Dezemba
alloaglassn wuatn
mit dera Finstan und Költn
ohne Weihnachtn,
ohne Hoffnung auf Liacht und Erlösung.

Na, net zum Ausdenga
a so a Lebn
ohne dera Gschicht
va dem Kind in Betlehem,
de Hirtn und de Weisn ausn Morgnlaund,
und ohne Glaubn aun a Rettung
aus Nacht und Schuid.

Na, ohne Weihnachtn
waa des Lebn hart und schwaa
wia a Weg durch de Nacht
ohne Sinn und Zül.

Drum gfrei di,
dass´ Weihnachtn gibt
und ois rundumadum,
was Hoffnung schenkt
und Zuvasicht.

De frohe Botschaft

Es hat fria den Brauch gebn,
dass ma in da Stubn
a laare Krippn aufgstöllt hat,
und a jeda,
der was den Tag
a guats Werk tau hat,
der hat an Strohhalm
in de Krippn leng derfn,
dass daun z'Weihnachtn
des Christkind a woachs und woams Bettal hat
und net frian muaß.

Des find i an schen Brauch,
weua so guat zoagt,
auf was dass´ aukumt
z´Weihnachtn, -
auf's Menschwean,
auf's Menschwean durch Guatsei und Gernhabn,
so wia damals da Herrgott Mensch worn is
und uns gern hat
oiweu wieda
und in oille Ewigkeit.

Des is de frohe Botschaft va Weihnachtn,
de aus Finstan Liacht macht
aus Költn Wärm´
und aus Vazweiflung Hoffnung.

Da Heilige Fraunz

De easchte Krippn,
de soill da Heilige Fraunz von Assisi baut haum,
wird dazöhlt.
Des passt guat zum Fraunz:
des kloane oama und hüflose Kindal,
da Ox und da Esl
und Maria und Josef
in Nacht und Finstan.
Des ois passt so guat zum Fraunz
und a zu uns,
de ma eigantlich a oam und hüflos san,
a waun ma glaum,
mia kinan da Welt an Haxn ausreißn.
Awa z'letzt san ma nix aundas net
als oame Wichte,
de wia da Heilige Fraunz
in Nacht und Finstan
auf Liacht und Heil woatn,
des was damals kuma is
im Stall va Betlehem.

Was is Weihnachtn?

Was is Weihnachtn?
A Erinnan an damals,
wiasd nu kloa warst,
und wia nu ois guat und sche war?
A bissl a Gruch nach Bratöpfin
und Taunabam?

Und a gaunz a große Hoffung und Sehnsucht
nach Dahoamsei und Friedn.

Es is net vül,
was Weihnachtn is,
awa es is ois
was Weihnachtn sei kau:
a bissl a Liacht geng de Nacht
in dir und da Welt, -
und de Hoffnung, dass´ nia net valöscht, -
nia net.

Wartn

A bissl auzuckad is ois
heit in da Frua.
Net vül,
awa trotzdem, -
a bissl Winta
aus Schnee, Költn und Eis.
Ah, wia guat is´ jetzt,
wauns warm is in da Stubn,
und waunst net aussi muaßt.
De easchtn Vogal
kuman zum Fuadahäusl
und pickn a paar Kerndln auf.
Auf da Straßn is´ nu gaunz stüll,
neta a alta Mau
hoilt si a Zeidung.
A bissl vaschlafn is nu ois.

Advent, Zeit der Erwartung.
Auf was wart i,
was erwart i?
Kinda, de auf's Christkindl wartn,
de tan si leicht, -
awa mia,
auf was wartn mia?

Wauns schneibt

Es is sche,
wauns schneibt im Winta.
Glei is ois vül hella,
glei is ois vül leisa
und glei is ois vül friedlicha.
Ois lauta Eignschaftn,
wias so guat dazuapassn
zu Weihnachtn,
wo a ois Finstare hell wuan is,
ois Laute leise
und de Engl vom Friedn auf Erdn gsunga haum.

Wauns schneibt im Winta
wean ma a jeds Jahr
a bissl wieda
wia d'Kinda san,
und wias des Kind war
damals im Stall va Betlehem,
des sovül Liacht bracht hat
in de stülle heilige Nacht, -
Liacht, Hoffnung und Friedn.

In da Vöst

I bi a Arbeita in da Vöst
und hab heia Schicht
am Heilign Abnd.

Zeascht is ois
wia oiweu sunst a,
neta daun uma achti,
stölln ma a klans Bamal auf,
zintn de Kerzn au
und singan Stille Nacht,
daun prost ma uns zua
mit an Flaschl Bier
und wünschn uns Frohe Weihnachtn.
Z´letzt ess´ ma nu a paar Keks,
de ana in ana Dosn mitgnuma hat
va daham.
Des is ois
am Heilign Abnd in da Vöst.
Um zehne daun,
wasch ma uns in Dreck awa
und foan ham, saumiad.
De Kinda san schau im Bett,
neta de Frau sitzt nu vuam Christbam
und woat.
Wiri hoamkum
gib i ihr a Bussl,
wünsch ihr Frohe Weihnachtn
und geh ins Bett.
Feian tan ma muang eascht,
sag i nu,
und schlaf ei.

A bissl mehr Mensch

Gaunzn Tag koa Sunn net,
gaunzn Tag koa Mensch net,
mit dem ma redn kunnt,
gaunzn Tag alloa, -
sowas kau dei Gmiad
gaunz sche finsta machn,
und hi und da
faungst sogar zum Rean au.

Wia sche is´ daun,
waun auf amal irgndwo
de Sunn a bissl vierablinzlt,
ana zu dir sagt,
servas, wia gehts da denn so,
und waunst auf amal gspiast,
du bist net gaunz alloa
auf dera großn Welt,
du gheast wo dazua
und du brauchst di net fiachtn.

Vielleicht kaust jetzt im Advent
a bissl Sunn sei,
a bissl Mensch sei,
der was de aundan,
de jetzt alloa san,
net üwasiacht,
eana a kloas Lachn,
a liabs Wort
und a offns Herz schenkt.
Vielleicht kaust jetzt im Advent
a bissl mehr Mensch wean,

so wia unsa Herrgott Mensch worn is
damals im Stall va Betlehem
in ana Krippn
auf Hei und Stroh.

Des richtige Lebn

Waunst so vuan brennadn Christbam stehst,
und in des Liacht va de Kerzn schaust,
daun kunnts leicht sei,
dassd a bissl zum Nachdenkn kumst
und dassd´ di sche laungsaum fragst,
ob des Lebn,
des du so fiast,
ob des des richtige Lebn is,
oda obsd net eigantlich am Lebn vabeilebst
und des Wichigste vasamst.
Und vielleicht kumst daun drauf,
was des Wichtigste is im Lebn,
waunst vuan brennadn Christbam stehst,
in des Liacht va de Kerzn schaust
und stüll wiast.

Vagiß net

Kalt is´, es schneibt,
und d'Vegl suachn nach Fuada.
Da stapft a alta Mau
durchn frischgschneibtn Schnee
laungsaum
und mit ana dickn Haum am Kopf.
Irgndwie sche, da draußn,
waunst in da warman Stubn sitzt
und aussischaust beim Fensta.
Irgndwie sche, da Winta,
waunst gnuag zum Hoazn hast
und net aussi muaßt
in de Költn.
Und sogar a paar Kerndln hast
fia de hungrign Vegl,
de jetzt gaunz oam waan ohne di
und deine Kerndln.

Awa net sche is da Winta
fia oille de,
de jetzt draußn sei miaßn
und hungan,
weus koa Dach net üwan Kopf haum
und nix net zum Essn.
Vagiß net auf oille de,
dass´ net glauben miassn, se san gottvalassn,
und da Herrgott is neta zu dir kuma
z'Weihnachtn
und net zu eana a, -
vagiß net auf oille de.

A bissl laa

Waun Weihnachtn vabei is,
daun is´ a bissl laa
unsa Lebn,
vabei des Glitzan und Glaunzn,
vabei des Singa und Jubiliern,
und vabei de glaunzadn Aung
untan Christbam.

A bissl laa is´,
waun Weihnachtn vabei is
und üwableim
a paar abgramte Christbam,
a paar Kilo Üwagwicht
und gaunz vül Sehnsucht,
dass des Kind va Betlehem
net umasunst kuma is
in Nacht und Finstanis.
Und dass des Liacht,
des was´ bracht hat,
a nach Weihnachtn nu leicht
und uns Hoffnung schenkt
und Zuvasicht.

Die Ware Weihnacht ist nicht
die wahre Weihnacht.
Kurt Marti

Heil und Rettung

Was wünschn mia uns net ois
z'Weihnachtn,
was erwartn mia net ois
z'Weihnachtn?
Und üwaseng gaunz,
dass´ an gibt,
der was uns eigantlich
oille unsare Wünsche und Erwartungen
schau erfüllt hat
mit dem Kind in da Krippn,
des Hoffnung is und Zuvasicht
und Heil und Rettung
in Nacht und Finstanis.

Groß

Ois Große faungt kloa au,
gaunz kloa,
so wia a im Stall va Betlehem
ois kloa augfaungt hat:
des Kind, de Krippn, de Hirtn, -
ois kloa
und trotzdem gaunz groß,
was daun worn is draus
und was bis heit groß is
als große Freid, als groß´ Liacht,
als große Hoffnung,
de damals gaunz kloa augfaungt hat
im Stall va Betlehem.

Friede auf Erdn

Friede auf Erdn
haum de Engln damals gsunga
wia da kloane Jesus
in Betlehem auf d'Welt kuma is.
A fromma Wunsch,
kau ma da nur sang,
waun ma schaut,
was seither ois gscheng is
und nu oiweu gschiacht.
Haum so englische Wünsche
wirkli nix net bewirkt?
Is ois fia d'Katz
was so Engln singan?
Ausschaun tuats so.
Awa wem haums des gsagt, de Engln,
des vom Friedn auf Erdn,
do neta uns Menschn,
so quasi: Gebts do endlich an Friedn
und sats net a so,
so nachtragad, so zwida,
so wia Hund und Katz, -
sats do net a so.
Awa hauma drauf gheat,
hauma de Wünsche ernst gnuma,
hauma was tau fian Friedn?

Friede auf Erdn is net neta a fromma Wunsch,
na, des is a a ziemlich strenge Einladung,
wos oft um Lebn und Tod geht
und fia de ma was tuan miaßn
bevors z'spat is.

A bissl

Wo i a hischau
üwarall Streit und Kriag,
üwarall Load und Schmerz,
üwarall Kraunkheit und Not.
Und dageng soill
des kloane Kind in da Krippn helfn?
Varuckt sowas.
Awa wo hülft schau des Große,
des Mächtige und des Reiche, - wo?

A bissl a Salz
gibt da Suppn an Gschmack.
A bissl a Geduid,
und schau geht ois leichta.
A bissl a Lachn,
und schau wird d'Welt hella.
A bissl a Gernhabn,
und de Welt schaut glei gaunz aundas aus.

Vielleicht is' min kloan Kind in da Krippn
a a so, -
a bissl a Liacht
und glei is de Nacht nimma so finsta.

Glicklich

Weihnachtn kaust riachn,
wauns nach Zimt riacht,
nach bratane Öpfin
und nach Vanillekipfal.

Weihnachtn kaust schmeckn,
wauns Keks gibt und Karpfn,
Weihnachtstuatn und Punsch.

Und Weihnachtn kaust gspian,
waun d'Leit freindlich san
und liab,
waun di wer umarmt und zuwadruckt,
und waunst sogar rean muaßt,
weu ois so sche is und friedlich.

Weihnachtn is a Fest,
des di rundumadum
glicklich machn kau,
waun di wer glicklich macht
und waunst du wen
glicklich machst
mit an guatn Wort,
an liabn Lachn
und an Händedruck an warman.

Am drittn Adventsunntag

Da dritte Sunntag im Advent,
der hoaßt: Gaudete,
also: Gfreits eich!
und soill da sang:
Es is nimma weit,
es dauat nimma laung,
daun kumt ´s Christkindl
in Finstanis und Nacht, -
und drauf
derfst di heit schau
a bissl gfrein.

Und drum is a de Kerzn,
de was heit
am dritten Adventsunntag
am Advemzkraunz auzundn wird,
rosarot,
net violett.

Trotz oilla Finstanis,
es wird schau a bissl hella
und gfrei di drüwa.

Was feia ma?

Onkl, hat da kloane Franzi
in Onkl Ferdinand gfragt,
Onkl, was feia ma denn eigantlich z´Weihnachtn?
Franzi, horch zua, des is a so.
Vor zwoatausnd Jahr
is in an Stall in Betlehem
a kloas Kind auf d'Welt kuma,
so wias vorher schau x-tausndmal gscheng is
und a nachher x-tausndmal gscheng is.
Awa de Leit haum gsagt,
des is a bsundas Kind,
a gaunz a bsundas Kind.
Und wias daun greßa gewen is,
des Kind,
da hat mas gseng,
dass´ was Bsundas is, -
gaunz was Bsundas.
Es hat nämlich nix aundas net tau
als wia Lebn gschenkt
und Lebn gebn
Tag fia Tag.
Der Jesus, wiasn gnennt haum,
hat nämlich Traurign Trost gschenkt,
Kraunke hata gsund gmacht
und sogar Tote hata wieda
´s Lebn gschenkt.
Er hat nix aundas net tau
als wia Lebn gschenkt
und Lebn gebn.

Da Stefanitag

Da Stefanitag,
glei nachn hochn Weihnachtsfeiatag,
is schau recht praktisch,
weu da kaust di daun ausschlafn
und ausniachtan
nach dem vüln Feian.
Awa da Untaschied!
Am Fünfazwanzigstn
lauta Halleluja
mit Hümmi und Engln,
und daun zu Stefani
Teufi, Höll und Tod,
wias den arman Stefanus
gstoanigt haum und umbracht.
Passt des zaum,
zeascht des Halleluja,
und daun des?

Vielleicht gaunz guat,
dass ma net va lauta Hallelujasinga
gaunz vagessen,
dass da Jesus damals
net weng dem gaunzn Halleluja kuma is,
sondan wengan Steam am Kreiz,
woa uns daun eascht richtig zoagt hat,
wasa ois instaund is fia uns
und wia gerna uns hat.

Oafach gern

Waun da wer z'Weihnachtn
oafach grad in d'Aung schaut, -
liab und volla Freid
in d'Aung schaut,
gaunz ohne was Sang,
gaunz ohne große Worte, -
na, oafach so
daun kau des des gaunze Weihnachtn sei
fia di,
wo di a gaunz Jahr
neamt net auschaut
und gspian lasst,
dassd a Mensch bist,
a Mensch, den ma gern habn kau,
va Herzn gern, -
oafach gern.

Bruckn baun

Jetzt ím Advent
miaßat ma Bruckn baun
va jung zu alt,
va reich zu arm,
va da Finstan ins Liacht,
va da Traurigkeit zur Freid
und va da Vazweiflung
zu da Hoffnung;
va an Menschn zum aundan.

Und vielleicht kinama sogar
a Bruckn baun
va da Erdn zum Hümmi
und va da Zeit in de Ewigkeit,
jetzt im Advent, -
wer woaß?

A Kerzn

A Kerzn
is jetzt z'Weihnachtn
sowas, wia a bissl a Trost.

Du hast a Liacht,
a waun sunst de Welt stockfinsta is.
Du hast a Gsöllschaft,
a waun so a Kerzn
net direkt redt mit dir.
Und du bist net alloa,
a waun so a Kerzn
ka Mensch net is.
Awa Wärm und Liacht
schenkts do,
so wias a Menschn oft tuan,
de a Herz haum fia di
und deina Sehnsucht
nach Weihnacht und Friedn.

Des brauch i

I brauch des net
z'Weihnachtn
des Tschingl Bell
in oille Besetzungen,
des Glaunzn und Glitzan
in oille de Supamärkt
va da Frua bis auf d'Nacht
und de Schiawarei und Drängarei
am drittn Adventsunntag
in de gaunzn Gschäfta,
de jetzt Weihnachtswelt hoaßn
oda X-Mas-Shopping.

I brauch des ois net
jetzt z'Weihnachtn.
Des was i brauch
is a bissl a Stülln
bei ana kloan brennadn Kerzn;
an Menschn,
der's mit mia teult,
de Stülln
und mei Haund halt
zärtlich und liab.
Des brauch i,
jetzt z'Weihnachtn
und sunst nix.

Prowias amal

Prowias amal
jetzt vor Weihnachtn,
setz di hi
auf a stülls Platzl,
zint a Kerzn au
und schau eine
in des guade helle Liacht.
Deng net viere,
deng net zruck, -
am bestn du denkst gar nix,
du gspiast neta
des warme helle Liacht
und di,
wia ois leichta wird und sche.

Prowias amal
jetzt vor Weihnachtn,
zint a Kerzn au
und wia gaunz stüll
und gspia den Engl,
der nem dir steht,
gspian gaunz fest
und gfrei di üwa eam,
a waunst nix heast
und nix siagst va eam, -
neta gspiast,
woam und zart gspiast.

So a Kerzn

So a Kerzn
is irgndwie wia unsa Lebn.
Zeascht nu, bevors auzundn wird,
stehts groß und neich da
wia a neichs Lebn
voill Erwartung und Zukunft.
Daun wird's auzundn,
de Kerzn,
leicht Tag fia Tag
und wird oiweu kirza, -
so wia a unsa Lebn leicht
und oiweu kirza wird.
Meistns brennt unsa Lebnsliacht
stüll und hell dahi,
awa hi und da faungts zum Flackan
und Taunzn au,
dass ma schau fast glaubt
jetzt und daun valöschts.
Awa daun dafaungt sa si do wieda
und brennt weida
bis´ daun sche laungsaum oiweu kirza wird
und z'letzt valöscht,
so wia a unsa Lebn z'letzt valöscht
und unsa Lebnsliacht ausgeht.

Kloane Sachn

Im Winta,
waun de Weg und de Straßn
eisig san und glatt,
da hoaßts gaunz sche aufpassn,
dassd net ausrutschst und hifallst.
Und wia guat is´ da,
waun wer gstrat hat
an Aschn oda an Split,
und du brauchst jetzt nimma fiachtn,
dassd ausrutschst und hifallst.

Oft sans gaunz kloane und unscheinbare Sachn,
de des Lebn leichta machn und schena,
so wias im Winta a Handal voill Aschn is
auf an vaeistn Weg.

´s Lebn setzt si zaum
aus lauta so kloane Sachn
und is so a groß‘ Gschenk
wia a des kloane Kindal
im Stall va Betlehem
a groß´ Gschenk is, -
a groß´ Liacht
in da finstan Nacht.

Waun faungt Weihnachtn au?

Waun, fragst mi,
waun faungt denn Weihnachtn au?
Waun da Starke dem Schwachn
de Haund gibt und lacht,
waun da Geldige sei Geldtaschl ziagt
und was springa lasst,
waun des Stummal zum Redn aufaungt
und des Plappamäul endlich amal stüll is,
waun da Trauminet amal am Tisch haut
und da I bi I amal Du bist Du sang kau,
waun des Kloane groß wird
und des Große kloa,
und waun aus oilla Finstan
Liacht wird und Freid,
daun faungt Weihnachtn au
und heat vielleicht nimma auf, -
waunst du des Liacht bist und de Freid
fia ois des Finstare und Traurige
auf dera Welt.
.

Kerzn

Kerzn ghean zu Weihnachtn
wia ´s Amen zum Gebet.
Aufn Adventkraunz san Kerzn,
und san wia a Woatn
auf des große Fest.
Zu Lucia spüln Kerzn
a Hauptroilln,
bsundas fia d' Kinda.

In de Roratemessn
schenkn Kerzn a bissl Liacht
in da finstan Kirchn.
Und natirlich ghean a
zu an Christbam Kerzn,
weu ohne Kerzn
waa a Christbam ka Christbam net.

Kerzn ghean zu Weihnachtn
wia ´s Amen zum Gebet
und machn Weihnachtn
hell und warm,
wauns draußn finsta is und kalt.

A schene Gschicht

Eigantlich a schene Gschicht
va de Heilign Drei Kini
und dem Stern,
dems nachgaunga san.
Ob des ois wirkli so gscheng is
wias in da Heilign Schrift steht,
des woaß ma net so genau.
Awa auf des kumts a gar net au.
Vül wichtiga aun der Gschicht is,
dass´ uns sagt, dass ma in unsan Lebn a Zül haum,
dass ma uns aufmachn zu dem Zül
und dass ma uns va was leitn lassn,
ob des jetzt a Stern is
oda vielleicht irgndwas in uns,
des is net wichti.

Drum, a schene Gschicht,
des mit de Heilign Drei Kini
und dem Stern, -
und net neta a schene Gschicht,
sondan mehr,
vül, vül mehr.
Erlösung vielleicht,
waun ma des tan,
was in uns steckt
und an Stern nachgengan,
der uns leicht
und hell macht de finstare Nacht.

Liacht und Wärm

Wauns draußn finsta is und kalt
jetzt im Advent,
daun wird de Sehnsucht
nach Liacht und Wärm oiweu greßa
und mia zindn in da warman Stubn
Liachta au,
Liachta, de guat tan Leib und Seel.

Ohne Liacht und Wärm
gibt's koa Freid net und koa Lebn.
Drum is a damals
im Stall va Betlehem
a Liacht erschienen, -
a Liacht, des Trost schenkt,
Freid und Lebn
geng oille Finstanis und Traurigkeit.

´s Gernhabn

In da Heilign Schrift steht,
Gott ist die Liebe,
i sag liawa,
da Herrgott is ´s Gernhabn,
weu beim Gernhabn
da kenn i mi aus.

De Liesa zum Beispül,
de hab i gern,
de hab i gaunz fest gern,
ma kunnt a sang,
de Liesa, de hab i va Herzn gern.
Und ehrlich,
des Gernhabn, des is des Schenste,
des Greßte, des Beste was i kenn.
Drum gfallt ma des a,
dass in da Heilign Schrift steht,
da Herrgott is ´s Gernhabn.
Neta mit da Liesa
da tua i ma leicht
beim Gernhabn
im Vagleich zum Herrgott,
den i ja a gernhabn mecht.

De Liesa, de siach i,
de hea i, de gspia i.
Beim Herrgott,
waun i den gernhabn soill,
da is des laung net so leicht,
den siach i net,
den hea i net

und den gspia i net,
wia soill i den gernhabn?

Drum gfrei i mi,
dassa jetzt auf amal
Fiaß und Händ kriagt hat
und an Kopf und a Herz,
jetzt auf amal
is´ gaunz leicht wuan
des Gernhabn
seita so oam und kloa drinliegt
auf Hei und Stroh
in ana Fuadakrippn.
Jetzt is´ leicht
des Gernhabn, -
leicht und schen.

Menschwerdung

Du bistas gwohnt,
dassd gaunzn Tag
in Radio renna hast.
Wia waas,
waunst jetzt im Advent
öfta amal ausschaltast?

Du bistas gwohnt,
dassd auf d'Nacht schnabulierst
bisd nimma kaunst.
Wia waas,
waunst jetzt im Advent
a bissl weniga vetülgst?

Du bistas gwohnt,
dassd di auf d'Nacht
zum Fernseha sitzt
und eascht uma elfe amal ausschaltst.
Wia waas,
waunst jetzt im Advent
des Kastl öfta amal
ausgschalt lassast
und dafia a guats Buach lest.

Du bistas gwohnt,
dassd di zum Computa setzt
und e-mail schreibst.
Wia waas,
waunst jetzt im Advent
amal an Brief schreiwast
statt a gschnells e-mail.

Du bistas gwohnt,
dassd funktionierst wia a Maschin.
Wia waas,
waunst jetzt im Advent
a bissl mehr Mensch wuatst, -
Mensch aus Fleisch und Bluat
und mit an Herz
des schlagt und gspiat.

Menschwerdung nennt ma sowas,
wias damals gscheng is
im Stall va Betlehem.

A bissl stüll

Text: Hans Dieter Mairinger

Musik: Fridolin Dallinger

Aus: "Ein Stern ist erschienen – Neue Chorlieder zu Advent und Weihnacht"

Jetzt im Advent

Wia macht ma aus Vazweuflung Hoffnung
jetzt im Advent?
Vielleicht, dass ma wem d´ Hand gibt
und sagt: Sche, dass´ di gibt.

Wia macht ma aus Traurigkeit Freid
jetzt im Advent?
Vielleicht durch a kloas Lächln, -
wer woaß?

Wia macht ma aus Einsaumkeit Gemeinsaumkeit
jetzt im Advent?
Vielleicht, dass ma wen bsuacht
und eam des Gfühl gibt,
er is net umasunst auf da Welt.

Wia macht ma aus Schuid Vasöhnung
jetzt im Advent?
Vielleicht, dass ma wem hülft,
dassa „Tuat ma load" sang kau.

Wia macht ma aus an Ungustl
an Menschn mit Herz,
den ma gern habn kau?
Vielleicht, dass man umarmt
und eam was Liabs sagt,
oafach so,
a wauna sis net vadient,
neta dassa gspiat,
was a Mensch is, -
a Mensch mit Herz und Seel.

A Engl

Was kunnt ma machn?
am Heilign Abnd,
waun ma muattaseelnalloa is
und neamt net hat,
mit dem ma feian kunnt,
dass da Herrgott Mensch worn is,
Mensch wia du und i,
was kunnt ma machn?

Aus Traurigkeit Freid machn,
awa wia?
AusVazweuflung Hoffnung machn,
awa wia?
Und aus Einsaumkeit Gemeinsaumkeit machn,
awa wia?

Lauta Fragen
und weit und breit koa Auntwort net.
A Engl miaßat jetzt kuma
am Heilign Abnd, -
a Engl aus Fleisch und Bluat,
der Freid und Hoffnung schenkt
und Friedn,
va dem de Engln damals gsunga haum
im Stall va Betlehem.

Vielleicht bist du da Engl,
der Engl aus Fleisch und Bluat,
der erlöst aus Einsaumkeit und Not, -
vielleicht bistas du.

In da finstastn Stund

Weihnachtn
is a Fest zum Lebn
und net zum Steam.
Und trotzdem,
a z'Weihnachtn steam Menschn
und lassn Menschn zruck
in Traua und Vazweuflung.

Weihnachtn und Steam
passn oafach net zaum.
Da Herrgott kumt auf d'Welt
und danem muaß wer steam,
des is wia a Faust aufs Aug,
und macht an bsundas traurig.

Trotzdem,
des Kind in da Krippn
im Stall va Betlehem
is wia a Stern in da Nacht,
a Liacht in da Finstan,
des Hoffnung schenkt und Zuvasicht
a in da finstastn Stund,
wo a Mensch weggeht
und nimma kumt.

Wia gstuam

I waß net,
des Essn am Heilign Abnd,
so alloa,
des schmeckt nach nix.
A waun da Radio rennt
und a Kerzn brennt,
trotzdem, i bi alloa.
Waun i rean kunnt,
vielleicht waa ma daun leichta.
Awa i kau net rean.
Wia laa fühl i mi.
I sitz da
und schau s'Telefon au,
vielleicht ruaft wer au
und erlöst mi,
sagt was zu mia,
irgndwas,
und zoagt ma,
dass ´ mi gibt.
Wenigstns oa Mensch
denkt aun mi
und lasst mi lebn.
Awa so laung is a auschau,
des Telefon,
es riat si net,
es leit net.
Es gibt neamt,
der aun mi denkt,
i bi wia gstuam.
Waun i jetzt umfallat,

neamt waa da,
der ma aufhülft, -
neamt.
I bleibat ling
und aus is´.
Gstuam am Heilign Abnd
und koan scheat des was.
Vielleicht waun nachn Stefanitag
de Zeidungen ling bleiwadn vor da Tia,
dass si d'Nachbarin was denkt, - vielleicht.
Awa zu was a,
tot is tot,
hauptsach koa Schmerz nimma
und koa Alloasei.
Da Tod hat mi erlöst vom Alloasei,
er is mei Freind,
mei todsichara Freind.

Adventkalenda

Im Advent
hauma gern an Adentkalenda,
wo ma jedn Tag
a neichs Tial aufmachn
und uns daun gfrein,
was da schens zum Seng is.

A schena Brauch
des mit dem Adventkalenda,
der net neta was fia kloane Kinda waa,
sondan a fia uns Große,
waun ma vielleicht im Advent
amal üwalegatn,

was mia fia Tialn aufmachn kunntn,
dass ma uns gfrein.
Vielleicht mach ma des Tial auf,
wo Vazeihung aussaschaut,
und wo man uns drüwa gfrein,
weu ma an Menschn vaziehn haum.
Oda vielleicht mach ma des Tial auf,
wo stüll sei und Rua finden aussaschaun,
und woa a daun wirklich amal stüll wird
da Advent
und du mit eam.
Oda vielleicht mach ma des Tial auf,
wo Bescheidnheit und Gnuaghabn aussaschaun,
und wo ma daun vielleicht draufkuman,
dass ma zu unsan Glick net oiweu mehr brauchn,
sondan vielleicht neta Gernhabn und sunst nix.
Oda vielleicht mach ma z'letzt des Tial auf,
wo oafach Weihnachtn aussaschaut
und hintnach a groß′ Fragezeichn,
und wo ma daun oafach a bissl üwaleng,
was Weihnachtn eigantlich is
oda sei kunnt,
waun ma uns a bissl Zeit nehman
zum Nachdenkn in ana stülln Stund.

So a Aventkalenda
waa net neta a schena Brauch fia Kinda,
sondan vielleicht a tägliche Freid,
de uns hifiat zur großn Freid,
de Weihnachtn z'letzt sei kunnt,
waun ma net va lauta Stress, Hastarei und Packlmachn
gaunz vagessn,
was Weihnachtn eigantlich is.

Beim Jesaja

Was si da ois vatrang soill,
beim Jesaja:
a Woif und a Schaflampi,
a Keuwi und a ausgwaxana Löwe,
a Kua und a Bär
und a Löwe soill sogar Stroh fressn
wia de Rindviecha, -
na,
was si da ois vatrang soill
beim Prophetn Jesaja.
Der hat sicha net de Wopraschal
und de Zelenka kennt
auf da Vierastiang,
weu daun waa eam des
nia net eigfalln.

Awa bitte,
z'Weihnachtn vatrang si sogar de zwoa,
und drum hata gar net so unrecht,
da Jesaja,
üwahaupt waun ma des gaunze
als an schen Tram siacht,
wo nu a launga Weg higeht,
und wo neta z'Weihnachtn
a bissl a Hoffnungsschimma vieraschaut,
wauns oille singan
vom Friedn auf Erdn.

Gschnell is´ vabei

Gschnell is´ wieda vabei,
des Weihnachtn.
De Geschenke san oille vateult,
de laungan Gsichta drüwa
san schau wieda a bissl kirza wuan.
Und vom Vawandtnbsuach am Stefanitag
san nu a paar truckane Keks üwablim.
Ja, und net vagessn,
sogar de meistn falschn Geschenke
san a schau umtauscht
und de easchtn Gutscheine eitauscht.

Gschnell is´ wieda vabei,
des Weihnachtn
und a bissl laa is´,
da drin.
Daweu het i ma gaunz fest vuagnuma,
heia amal a bissl besinnlicha ois,
a bissl weniga hektisch
und a bissl stülla.
Awa es is wia vahext,
ois war wia jeds Jahr
so narrisch.
Und sovül i mas a vuagnuma het,
dass i heia amal nachdeng,
was des Weihnachtn eigantlich is
und zu was
und was fia an Sinn dass´ hat, -
i bin net dazua kuma.
Wia waun mi der gaunze Würwi
vor Weihnachtn

afach gschlickt het
und nix mehr üwablim is
wia a Packl laas Weihnachtspapier
und a bissl a bleda Schädl
va dem gaunzn Wüawi
und dem vül Essn und Tringa.

Und i nimm ma gaunz fest vua,
nexts Jahr wird ois aundas, -
gaunz aundas.
Hoffantlich vagiß i net drauf,
wauns wieda losgeht
des Weihnachtn
nexts Jahr, -
hoffantlich.

Da Aundachtsjodla

Was an bei de Advent- und Weihnachtssinga
wirkli ins Gmiad geht,
des is zum Schluss
da Aundachtsjodla.
Hat zwar koan richtign Text net,
und a de Melodie recht oafach
awa oiweu wieda sche, -
hümmlich sche.

Weihnachtn

Ma sagt gern:
Z'Weihnachtn hat da Hümmi
da Erdn a Bussl gebn.

Des is a schens Büld fia des,
was Weihnachtn is:
Da Herrgott umarmt uns
und hat uns gern
und sagt uns,
i bi da fia eich,
i schau auf eich,
i lass eich nia net im Stich.
Da schauts des Kindal au
auf Hei und Stroh,
is´ net liab,
is´ net zum Gernhabn,
so wia i eich gern hab.

Heit is de Nacht hell worn,
sternhell,
weu uns da Herrgott an Stern gschickt hat,
der fia jedn leicht
in helle und in finstre Stundn,
und der uns Hoffnung schenkt,
dass ma net alloa san,
dass´ wen gibt,
der zu uns halt,
der uns gern hat
und nia net falln lasst
aus seina guadn Haund.

Hi und da

Hi und da passierts,
dass ma ois um uns vagessn,
dass ma nimma wissn
wia spat dass´ is,
und dass ma afach glicklich san.

Sowas is Weihnachtn:
a Zeit ohne Uhr,
a schena Tram ohne Muntawean
und a Gfühl aus Gernhabn
und Glicklichsei,
des ka Aungst net kennt,
dass‘ amal aufheat.

Ja, sowas Varuckts is Weihnachtn
jeds Jahr wieda.
Und jeds Jahr gfrei ma uns drauf
und hoffn,
dass´ was va Ewigkeit hat,
wenigstns a bissl was va Ewigkeit,
des nia net vageht
und Hümmi is, -
schena und ewiga Hümmi.

Waa des nix?

Oille jammans
dass de Christbamkugln
und de Schokoladnikoläus
und de Englshaar
und ois, was so zu Weihnachtn gheat,
oft soagar schau im Oktowa
in de Gschäfta liegt.

Nau und,
Weihnachtn als Fest der Menschwerdung
soillt ma ja eh
eigantlich s'gaunze Jahr feian.
Waa des nix,
gaunz´ Jahr friedlich sei,
gaunz´ Jahr guat sei
gaunz´ Jahr Mensch sei, -
waa des nix?

Des Wichtigste

Ob de Geschenke wirkli des Wichtigste san
aun Weihnachtn?
Ob des guade Essn wirkli des Wichtigste is
aun Weihnachtn?
Ob de vüln Keks wirkli des Wichtigste san
aun Weihnachtn?
Und ob de vül Liachtakettn und glaunzadn Reh wirkli
des Wichtigste san aun Weihnachtn?
Ob net vielleicht was gaunz aundas vül wichtiga waa
aun Weihnachtn?
A bissl stüll wean und Rua gebn,
a bissl gernhabn und vazeihn,
a bissl mehr Mensch wean und Herz zoang, -
a Herz fia de, de koa Dach net haum üwan Kopf
und nix net zum Essn.

A bissl mehr Mensch wean,
so wia da Herrgott damals Mensch worn is
im Stall va Betlehem,
des waa des Wichtigste aun Weihnachtn,
des Wichtigste und Schenste.

Hirtenlied

Text: Hans Dieter Mairinger

Musik: Balduin Sulzer

Fia oille

Bei uns kumt s'Christkindl,
in Amerika kumt da Santa Claus
und in Russland,
da kumt s'Väterchen Frost.
Üwarall kumt wer aundara
und bringt Geschenke.
Üwarall kumt wer aundara
und macht a Freid,
awa üwarall feians,
dass da Herrgott Mensch worn is
im Stall in da Krippn.

Fia oille is kuma
des Liacht in da Nacht,
fia oille hat s'Kind uns
a Weihnachtsfreid bracht.

Geh hi zu da Krippn,
fall nieda auf d'Knia
uns sing sche und gfrei di
so hell woas nu nia.

Des Kind hat uns Friedn,
Erlösung hats bracht.
Voill Heil und voill Gnadn
is d'Heilige Nacht.

´s Christkindl kumt?

Was is des fia a Welt

Z´Weihnachtn damals
soll a Stern gleicht habn
üwan Stall va Betlehem, -
a großa, hella Stern.
Sowas kunnt heit genau a so passiern,
neta ob mia den sechatn,
den Stern,
bei dem vüln Liacht rundumadum,
und ob mia üwahaupt aufischauatn,
am Hümmi,
wos do eh da heruntn
sovül zum Seng gibt?

A so a Stern heit,
der hets net so leicht,
der tat sie ziemlich kränkn,
und waa ziemlich traurig,
waun a da om leicht und glaunzt
und kana schaut aufi,
und kana gfreit si üwa eam.
Na, so a Stern heit,
der vaziagat si gschnell wieda
und dengad si:

Was is des fia a Welt,
wo ma de Stern links ling lasst,
weu ma eh gnuag Liacht hat
und Glaunz üwarall,
und wo ma glaubt,
dass ma a ohne Stern
den Weg findt,
hi nach Betlehem
zum Kind in da Krippn.
Was is des fia a Welt?

Menschn

Amal im Jahr,
z´Weihnachtn,
wean ma drau erinnat,
dass mia Menschn san
und kane Maschinen, -
Arbeitsmaschinen
Einkaufsmaschinen,
Putzmaschinen,
Kochmaschinen
und Handymaschinen

Amal im Jahr
wean mia drau erinnert,
dass ma Menschn san
und kane Maschinen
und soillns daun nimma vagessn.

Untanehmungsgeist

Hast glesn,
da Raml bietet heia
„Weihnachtn unta Palmen“,
waa des nix amal?
Geh, was tua i denn unta Palmen?
Ausrastn, trama, nix.
Des kau i daham
untan Taunabam a,
da brau i kane Palmen dazua.
Awa schee waas schau
so a blaua Straund
und der Saund und de Palmen
und net vagessn des guade Essn.
Mia hetn unsan do vadient den Luxus, oda?

An Luxus nennst du des:
Zwölf Stundn fliang, va fuchzehn Grad minus
auf zwaradreisg Grad plus
und Suschi va frua bis spat.
Na, unta Luxus stöll i ma
was aundas vor.
Du hast kan Untanehmungsgeist.
Zu was brauch i an Untanehmungsgeist,
an Pogauna bratn
is mia Untanehmungsgeist gnuag
und daun nu zwölf Schissln Weihnachtskeks.
Mehr Untanehmungsgeist
tat uns sicha nimma guat
in unsan Alter.

Z´spat

Weihnachtn, des kumt a jeds Jahr
so schleichad,
so irgandwie hintarucks.
In de Auslang glaunzts schau
seit Aufaung Novemba
irgandwie weihnachtlich.
Awa du wüllst des ois nu net wahrhabn.
Und daun auf amal
so uman sextn Dezemba umadum,
da gspiastas,
da kumst eam nimma aus
dem gaunzn Weihnachtsrummi,
dem gaunzn Weihnachtsstress
und natirlich dem gaunzn
Weihnachtspackleinkaufswahn.
So gern hest de Aung zuagmacht
und de Nasn,
awa des geht nimma, dazua is´ oafach z´spat,
jede Flucht vageblich.
Jetzt hoaßts durchbeissn
und stark bleibn bis Stefani,
waun si daun de letzte Vawaundtschaft
vazong hat.
Jetzt hastas gschafft.
A bissl Weihnachtsgeschenke umtauschn,
und des wars.
Und fias nexte Jahr guade Vorsätze fassn,
awa sicha wieda vagessn,
wauns wieda soweit is.

Was Weihnacht is

Was Weihnachtn is
frang mi oille,
was´ eigantlich is.
Und i sag neta,
was´ net is.

Des Renna und Hastn
ohne Stehbleibn und Rastn,
des Kafn und Schenkn
ohne Liab, ohne Denkn,
des Tringa und Essn
ohne Maß, ohne Messn,
des gaunze Getue
ohne Stülln, ohne Ruhe
und z´letzt daun da Streit
üwa was ess ma heit.

Was Weihnachtn is?
Des net, des is gwis.

Jeds Jahr aundas

Jeds Jahr
gheat da Christbam
aundas aufputzt,
sagt da Kika,
da Leina und da XX-Lutz.
Amal rot,
daun blau,
ab und zua süwa,
hi und da goildan
und wer wüll sogar gscheckat.

Jeds Jahr
gheat da Christbam
aundas aufputzt,
schließlich, va was soillns denn lebn
unsare Christbamaufputzdandla,
waun ma oiweu neta
den Christbamschmuck va da Großmuatta
am Bam aufhängan
und nia net an neichn kafn?
A Christnbam muaß a Investitionsfaktor sei,
net a Großmuattaerinnerungsfaktor
va dem neamt net awabeissn kau.

Auf de Seychellen

Z´Weihnachtn dahoam,
na,
der Stress und der Aufwaund.
Na, mia foan heia z´Weihnachtn
auf de Seychellen,
duat is´ warm,
duat hauma Voillpension
und duat haums sogar an Christbam steh.
Also was woilln ma mehr
z´Weihnachtn,
üwahaupt wauns a Sondaaungebot is
va Sabtours
und de Oma daham aufn Kanari
und in Flocki aufpasst
bis ma wieda kuman am sextn Jänna.

Streidn

Zu Weihnachtn
gibt's was guats zum Essn und Tringa,
kriang oille schene und teire Geschenke,
da sitztn oille mit ana Schissl Keks
beim Fernseha
und schaun.
Warums bei sovül Gaudi und Schen
daun oiweu streidn miassn,
auf Mord und Braund,
des vasteh i net

Weiße Weihnachtn

I woaß` gaunz genau,
warum de Leit so hoaß san
auf weiße Weihnachtn.
Easchtns weus in Sporthaundl
schiverkaufsmäßig belebt,
zweitns weus in Wintatourismus
fremdnverkehrsmäßig belebt
und drittns,
weus so sche weiß ois zuadeckt,
was ma ´s gaunze Jahr
asphalt- und betonmäßig vasaun.

Weiße Weihnachtn san unbezahlbar,
üwahaupt waun ma dafia
a neumoderne Beschneiungsaunlag braucht,
dass ma schwoaze Zahln schreibt
in da Wintabilanz.

Mach´s wie Gott:
werde Mensch.
Franz Kamphaus

Schad

Des Spaunnendste und Schenste
aun Weihnachtn is,
waun de Tia ins Wohnzimma aufgeht,
dort wo da brennade Christbam steht
und oille Geschenke drunta lingan,-
des is irgndwie,
wia waun de Tia in Hümmi aufgeht,
und de Engln zum Singa aufaungan.
Schad,
dass so hümmlische Sachn
neta amal im Jahr gscheng, –
wirkli schad.

Nach Weihnachtn

Irgndwie is´ lara
nach Weinachtn.
Am Christkindlmarkt
san de Standln zuagsperrt,
de Weihnachtsbeleichtung
hängt irgndwie nutzlos umadum,
und de Leit schaun a irgndwie hergnuma aus
va dem vüln Essn und Tringa z´Weihnachtn.
Irgndwie is´laa nach Weihnachtn.
Waun net da Ausvakauf
mit da Schnäppchenjagd waa,
het ma gar ka Freid net
nach Weihnachtn.

A bissl a Ruah

Herrgott, wia guat is des,
waun am Stefanitag de gaunze Vawaundtschaft
wieda de Tia
va aussn zuagmacht hat
und endlich a bissl a Ruah is.
Koa Quatscharei va de Onkln und Tantn,
koa Kindagschroa,
und koa Piepsn und Surrn
va dem gaunzn elektrischn Spülzeig

Na, endlich a bissl a Rua,
so wias damals woa im Stall va Betlehem,
nachdem de Hiatn wieda hoamgaunga san,
und bevor de Heiling Drei Kini kuma san.

In de Gschäfta

Mitte Oktowa
hängan schau de Adventkalenda in de Gschäfta.
Ende Oktowa
stengan schau de Lebkuchnnikoläus in de Gschäfta
und im Novemba gengan de Gschäfta
va lauta Weihnachtn üwahaupt schau üwa.

Im Dezemba fahr i nach Gran Canaria und hoff,
dass ma dort net a
des Weihnachtn beim Hals aussahängt.

Stress

Vorigs Jahr,
wias mi nu bsuacht haum
meine Kinda z´Weihnachtn.
Vorigs Jahr
warns eh neta gaunz kurz da.
Es tuat eahna lad,
haums gsagt,
se miaßn nu sovül eikafn und eipackn
und schreim miaßns a nu so vül
und Christbam haums a nu koan net aufputzt
und üwahaupt, der Stress,
se haum halt üwahaupt koa Zeit net.
Des war vorigs Jahr.

I glaub,
heia, heia kumans gar net,
meine Kinda.
Heia foans nämlich auf Gran Canaria,
dass´ eam auskuman
dem gaunzn Stress bei uns z´Weihnachtn.
Nau ja, wauns manan,
vielleicht is auf Gran Canaria ois aundas,
wer waß`?

Advent, Advent

Text: Hans Dieter Mairinger

Aus: "Ein Stern ist erschienen – Neue Chorlieder zu Advent und Weihnacht"

A Supamarkt

Vüle haum z´Weihnachtn
neta de Sorng,
was schenk i,
was kriag i
und was eß ma.

Wia waun des Weihnachtn
a Supamarkt waa
und sunst nix.

Daweu is Weihnachtn
gaunz was aundas.
Awa was,
des haum oille vagessn
va lauta schenkn,
kriang
und essen.

Der Herr kam nicht zur Welt
damit die Menschen klüger,
sondern damit sie
gütiger würden.
Und darum sind es
allein die Kräfte des Herzens,
die uns vielleicht noch einmal
werden retten können.
Heinrich Waggerl

Plastikchristbam

Heia hauma uns beim Kika
im Ausvakauf
an Plastikchristbam kaft zum Aufspaunna
wia an Rengschirm.
Der is praktisch, der halt ewig,
da brauchst nix mehr auffihänga,
weu da is schau ois om,
aus Plastik.
Und abrenna kau da a nix,
weu da is ois neta elektrisch.
Nach Weihnachtn
wirda wieda abgspaunt
kumt in d´Schachtl
und weg isa.
Umweltfreindlich,
sparsam
und oiweu wieda schen, -
was wüllst mehr z´Weihnachtn.
Und des „Oh Tannenbaum…“
des singt da Heino genau so siaß,
gaunz wuascht,
ob da Christbam echt is
oda aus Plastik.

So sche

So sche kunnt da Advent sei
ohne den vüln Stress.
So ruhig kunnt da Advent sei,
ohne den vüln Wüawi üwarall.
So friedlich kunnt da Advent sei,
ohne de vüln Streitarein da und duat.
Ja sogar so gsund kunnt da Advent sei,
waun ma weniga Keks schlickadn
und dafia öfta an Fasttag eilegatn
geng unsa Üwagwicht.

Ja, wirklich wahr,
sche kunnta sei da Advent,
waun net glei drauf Weihnachtn kumat.

Zwoa

Va oilln gibt's zwoa:
Tag und Nacht,
Mau und Frau.
Liebe und Hass,
guat und bes,
hell und dunkl,
Summa und Winta
Ja sogar Mensch und Unmensch gibt's.
Neta zu Weihnachtn gibt's nix Zweits.
Des is a guat so,
schließlich is Weihnachtn einmalig,
und is da schau oft z′vül.

Gaunz aundas

Koa Kapf net,
koa Christbam net
und koa „Stille Nacht“ net.
Neta a bissl Stroh,
a alte Heihittn
und ´s Kind
mit Maria und Josef, -
ja bald het is vagessn,
zu oilln Luxus a nu
Ox und Esl, -
sunst nix, -
des woa Weihnachtn damals, -
gaunz ohne Weihnachtskonzert vom Corelli
oda Weihrauch, -
na im Gegnteul,
stüll und a bissl stark im Gruch.

Weihnachtn damals
war gaunz aundas
als wia heit,
und trotzdem,
es hat si net vül gändat,
mia san nu deselbn Dickschädln,
deselbn Streithansln
deselbn Oxn und Esln
wias damals dringstaundn san
im Stall va Betlehem.

Am Stefanitag

Am Stefanitag
is´ so Brauch,
dass si de Vawauntn
gengseitig bsuachn
und mitanaunda redn
und essn.
Eigantlich a schena Brauch,
wo ma de Freid aun Weihnachtn teult,
mit Leit,
de an aum Herzn lingan
und leida a oft im Mang.
Drum is ma daun oft a
gar net so beleidigt,
wauns wieda gengan
und a Rua is
bis zum nextn Stefanitag.
Aussa ana aus da Vawaundtschaft
der sengt ´s Zeitliche,
wia ma sagt.
Daun kuman a wieda oille zaum
betn fia den,
der geh hat miaßn,
und gfrein si,
dass´ sewa nu lebn
bei Rindfleisch und Semmikren
und ana Halbe Bier.

Weihnachtsvorsätz

Was nehma ma uns net
jede Weihnachtn ois vor!
Heia amal net so sovül Stress,
heia amal net sovül Keks,
heia amal net sovül Geschenke.
Und jede Weihnachtn dessewe:
Oille de Weihnachtsvorsätz
gengan in de Pinsn.
Na, es gibt sogar an
weihnachtlichn YoYo-Effekt,
je mehr ma uns vornehman,
desto mehr haun ma üwa d`Schnur.

Beim Abnehmyoyoeffekt
da kunnts leicht sei,
dass ma amal gscheida wean,
awa beim Weihnachtsyoyoeffekt,
da is ka Schaus net,
kaust tuan wasd wüllst.

Weihnachtsgeschenke

Ma woaß ja heit wirkli nimma,
was ma de Kinda,
de Vawaundtn und Freind
schenkn soill,
wo oille eh schau ois haum
und oille Kastln und Ladn üwagengan
va dem gaunzn Weihnachtsgeschenkekramuri.

Ka Wunda net,
waun si daun vor Weihnachtn
maunche sang:
Na, heia schenk ma uns amal nix.

A bissl laa und öd
schauts halt daun schau aus,
waun ma uns z`Weihnachtn
wirkli nix schenkn.
Vielleicht soilltat ma uns amal
was aundas schenkn
als wia a fünfts Rasierwassa,
an ixtn Selbstbinda
und a neichs Kuchlgschirr.

A bissl Zeit,
a bissl a Zuahean, -
afach a bissl Gernhabn
waan a Weihnachtsgeschenke,
va denan neamt net gnuag kriagt
und de vül mehr Freid machn
als wia a neichs Handy,
wo ma eh schau fünf alte
im Nachtkastl ling hat.

Schokoladfreid

Hie und da
kriang heit Kinda
so Adventkalenda,
de lauta Schokolad
hinta de Tialn vasteckt haum.

Is ja sicha guat gmoant,
waun de Öltan eanan Kindan
a Schokoladfeid machn mechtn
mit so an Adventkalenda.
Und nix gegn a bissl an Schokolad,
awa kunnt da Advent net
mit was aundan a a Freid machn
und net neta mit an Schoklad,
der jedn Tag fetta macht
und uns gaunz vagessn lasst,
dass´ was aundas a nu gibt
als a Schokladfreid?

Gaunz sche vül Freid

Waun da Jesus
heit nu amal auf d´Welt kumat
und ois des sechat,
was mia so aus sein Geburtstag gmacht haum,
i glaub
er drarad si auf da Stöll um
und sagat, na danke,
des tua i ma net au.

Drum guat,
dassa heit net nu amal auf d´Welt kumt,
da Jesus,
so kinan si de Gschäftsleit de Hendt reibn,
üwa de fettn Weihnachtsumsätz,
de Psychotherapeutn kinan si gfrein
üwa de vüle Kundschaft z`Weihnachtn
und de Scheidungsrichta,
de gfrein se üwa de vüln Scheidungen
nach Weihnachtn,
de jeds Jahr a Staung Geld einbringan.
So gibt's gaunz sche vül Freid
oiweu wieda z`Weihnachtn.
und jeds Jahr wird's greßa
dort wo de Kassa klinglt
und net ´s Christkindl.

Bescheidane Weihnachtn

Na, heia feian ma amal
gaunz bescheidane und kloane Weihnachtn.
Mia tan fastn
bis zum Vierazwanzigstn,
mia kafn uns a gaunz a kloas Bamal,
und mia schaun drauf,
dassa si net biagt da Tisch
va lauta Weihnachtsgeschenke.

Ja, heia feia ma amal
gaunz bescheidane und kloane Weihnachtn.
Und wauns leicht geht,
daun sparn ma uns heia soagar
des Keksbachn, zwölf Schissln voill.
De Tante Fani bringt eh jeds Jahr
a Schachtl voill
am Stefanitag.
De bringan ma daun da Caritas
fia de Sandla
und mia sparn uns
fünf Kilo Üwagwicht.

Kloa und bescheidn feian ma heia Weihnachtn,
und was ma uns dasparn,
des vaputz ma daun zu Süvesta,
einvastaundn?

Heia im Advent

Fia heia im Advent
hauma uns vorgnuma
dass ma net oiweu
vorm Fernseha sitzn
und einiglotzn,
und dass man net oiweu
in Radio renna haum
in gaunzn Tag.
Und beim Compjuta
woilln ma a net oiweu sitzn
heia im Advent.
Dafia mecht ma uns öfta
gmiadlich zaumsitzn
bei ana brennadn Kerzn,
Tee und Kletztnbrot
und a bissl zu uns sewa kuma,
wias so sche hoaßt,
wo ma awa eh net recht wissn
wia des geht
und was ma da tuan muaß dafia.
Awa vasuachn kau mas ja amal,
obs daun funktioniert
is a aundare Frag.
Hauptsach des gaunze elektrische Zeigs
is amal stüll
und mia a,
wauns leicht geht.
Und daun woat ma halt oafach,
vielleicht hülfts
wer woaß´?

Tips

Üwarall in de Zeidungen
gibt's jetzt vor Weinachtn Tips
was ma z´Weihnachtn ois schenkn kunnt.
Des geht va Biachl
üwa Kuchlgschirr
bis zu neiche Schuach.
Ois halt
aun was ´s Christkindl jetzt denkn kunnt,
und was de Jahresbilanz
va de Supamärkt
nu a bissl auffettn tat.

Nix geng a guats Weihnachtsgschäft,
awa hi und da hab i des Gfühl,
dass´ jetzt vor Weihnachtn
um nix aundas net geht
als wia ums Gschäft.
Is des ois, frag i mi daun,
was Weihnachtn ausmacht,
oda gibt's da nu was aundas?
Nau ja Vanillekipfal und Christbam vielleicht,
oda „Stille Nacht" und „Es wird schau glei dumpa"
und vielleicht nu Bratwiaschtl und Karpfn.
Ois recht und sche,
awa is Weihnachtn net mehr?

Renarei

Va an Christklindmarkt
zum aundan rena,
va an Gschäft
zum aundan rena
und va ana Weihnachtsfeia
zur aundan rena
auf dein Suachn
nach Weihnachtn.
Awa trotz der gaunzn Renarei
Weihnachtn net finden,
hechstns valiern
bei dera gaunzn Renarei.

Geng de Finstan

Am Balkon steht da Christbam,
im Kühlschraunk liegt da Truthau
und im Kella wart ´s Bier und da Wei.
Awa da drinnan,
da is de Aungst,
dass oille schen und guadn Sachn
nix helfn geng de Finstan in meina Seel,
de a Liacht suacht jetzt z´Weihnachtn,
awa nirgands ans findt.

Davaurenna

Irgndwie hab i des Gfühl,
dass oiweu mehr Menschn
dem Weihnachtn davaurennan.
Vüle fliang nach Gran Canaria,
wos weit weg san va Weihnachtn.
Vüle stölln si gar kan Christbam mehr auf
und woilln si des Aufputzn
und Abrama dasparn.
Und vüle sang si a,
mia schenkn uns heia nix mehr
z`Weihnachtn,
weu mia tan nimma mit
mit dem gaunzn Weihnachtsgeschenkezirkus.

Irgndwie hab i des Gfühl
vüle rennan dem Weihnachtn davau.
Und gaunz ehrlich,
waun i so schau,
was mia gmacht haum aus Weihnachtn,
daun vasteh is a
und üwaleg sogar
ob i net mitrenn dorthi,
wo Weinachtn nu Weihnachtn is
und net Weinnachtn ohne h
und vül Wei,
dass mas nimma gspian,
was ma gmacht haum
aus Weihnachtn.

Advent, de stüllste Zeit

Vorigs Jahr im Advent,
da bi i gaunz sche
ins Schwitzn kuma.
Auf oille Christkindl- und Weihnachtsmärkte
bin i gaunga,
zu oille Advent- und Weihnachtslesungen
bin i gaunga,
zu oille Krippalroasn und Keksalmärkte
und adventliche Tschess-Seschns
bin i gaunga.

Am Vierazwanzigstn,
grad bevor i in d´Mettn geh woillt,
hats mi herzmäßig niedaprackt,
dass i bis zu Süwesta aussa Gefecht war.

Also fia heia
hab i ma a Advent- und Weihnachtspause
vaschriebn.
Ka Christkindlmarkt, ka Weihnachtssinga,
ka Keksalmarkt, san eh net gsund,
und net amal a Mittanachtsmettn.
Bin gspaunnt ob is´ durchhalt,
und bi gspaunnt ob i was vasam,
wos do oiweu haßt:
Advent, de stüllste Zeit im Jahr.
Heia nimm is´ amal wörtlich,
des schwör i ma.

Weihnachtn ohne H

Oft schreibt ma Weihnachtn ohne H
und is daun was zum Rean dort
wo Kriag is statt Friedn,
wo Hass is statt Liab,
wo Fremdn is statt Hoamat,
wo Vazweiflung is statt Hoffnung
und wo Tod is statt Lebn.

Weinnachtn ohne H is net sche,
is net glaunzad und is net fröhlich.
Weinnachtn ohne H
san traurige Weinnachtn
und stöllt ois aufn Kopf,
was mit H so sche auf de Fiaß standt.

Voill

Was Weihnachtn
so ungsund macht
des is des vüle Essn und des vüle Saufn
und da vüle Stress.

Drum,
es is ka Wunda net,
waun z'Weihnachtn
de Kaunknhäusa voill san,
de Narrnhäusa voill san
und da Onkl Ferdinand
und de Tante Mizzi a voill san bis Süwesta,
wo ois va vorn wida augeht.

Unpraktisch

Also i find des schau
a bissl unpraktisch.
A gaunz´ Jahr
kaust irgndwo higeh als Singl,
waun da fad is,
oda waunst di a bissl valassn vorkumst,
neta am vierazwanzigstn Dezember auf d´Nacht,
da is ois zua.
Ka Theata net und ka Opa,
ka Kino net und ka Kabaree,
ka Wirtshaus und ka Restarau,
net amal a Wiaschtlstandl hat offn.

Drum, i find des ziemlich unpraktisch,
dass ois zua is am Vierazwanzigstn,
weu mit dir sewa untahaltn,
des schaut a wengl deppat aus,
und mitn Kanari oda in Goildfisch,
des is net wirklich a Untahaltung.
Bleibt grad nu da Herrgott,
mit demsd di a bissl untahaltn kunnst.
Awa de Untahaltung mit eam
is ziemlich einseitig,
schad…

Da Weihnachtszirkus

Weihnachtskartn

Weihnachtskartn
san oft de anzige Möglichkeit
lieben Vawaundtn mitzuteiln
wia liab dass mas hat
und dass ma eana
ois guade wünscht,
dass´ awa ja net auf de Idee kuman,
dass´ z`Weihnachtn leibhaftig auf Bsuach kuman
und de mühsam bachanen
zwölf Kekstella vatüng.

Soviel essn is eh net gsund,
und aussadem
dahoam is´ do am schenstn
z´Weihnachtn.

Des ois kau si vasteckn
hinta ana vordrucktn Weihnachtskartn,
wosd neta draufschreibn brauchst:
wünscht euch
Onkl Ferdinand

Vapackung

Wia ma oille wissn
kumts auf de Vapackung au,
des is bei de Suppnwüafin genau a so
wia bei junge Diandln
und natirlich vor oilln
bei Weihnachtsgeschenke.
A glaunzade Vapackung
mit entsprechendn Bandlaufputz
macht glei aus an Veltlinasondaaungebot vom Billa
um Ansneinaneinzg
sowas wia an Barol
um neinazwanzgneinzg.
Im Gschmack ja eigantlich
net vül Untaschied,
awa mi ana orndlichn Vapackung
macht da Billaveltlina
glei a gaunz aundas Büld.

Weil Gott Mensch geworden ist,
führen alle Wege zu Gott
immer über den Menschen.

Arnold Jansen

´s Fernsehn

`s Fernsehn
is de anzige Möglichkeit
dassd z´ Weihnachtn
dem Onkl Ferdinand
net in sei fads Gsicht
schaun muaßt.
De Gsichta im Fernsehn
san zwar a net vül lustiga,
awa se haum den Vorteil,
dass mas zur Not
abschaltn kau.
Des is beim Onkl Ferdinand
vül schwieriga,
üwahaupt
waun a uandliche Erbschaft
in Aussicht is
und si de
investiertn Weihnachtsgeschenke
amortisiern soilln.

Als du klein wurdest, Gott,
hast du den Menschen
groß gemacht.

Katharina von Siena

Lauta blede Viecha

Schau intressant,
waunsta so de Viecha auschaust,
de so in ana Krippn stengan.
Zeascht amal
a Ox und a Esl, -
net grad de gscheidan Viecha
weu net umasunst
sagt ma zu an dummen Menschn:
du Esl,
und a du Ox –
was grad koa Kompliment net is.

Daun siagst de Schaf,
a Viecha,
de gern zu de bledan zöhlt wean.
Daun de Kamel,
de was mit de Heilign Drei Kini
vom Morgnlaund daherkuman.
Nau ja,
waun ma zu dir sagt:
Du Kamel du,
daun hoaßt des a net,
dassd du de Gscheitheit
min Löffi gschlickt hast.

Also summa summarum,
lauta blede Viecha,
de was in ana Krippn stengan.
Fehlt grad nu a Kapf, a Kua und a Gauns

und des mit de bledn Viecha
waa perfekt:
Neta de stengan net in da Krippn
sondan lingan am Tella
und daun im Mang.

In Flocki z´liab

Wauns ma net so schmeckadn,
de Vanillekipfal,
de Schokoringal,
und oille de vüln aundan guadn Keks,
de de Meinige
jetzt vor Weihnachtn
schisslweis bacht,
daun schauat mei Dokta net oiweu so streng
und sagat net: Da Zucka…
Mehr brauchta gar net sang,
und i kenn mi schau aus.
Awa was soll i tuan,
wauns ma so schmeckn,
de vüln siaßn Weihnachtskeks.
Irgndwer muaß´ ja essn,
mia kinnan do net ois des Siaße
in Flocki fuadan,
der halt des ja gar net aus,
und es waa ja direkt gengan Tierschutz.
Da muaß i mi halt opfan,
schau in Flocki z´liab.

A Stern is erschienen

Text: Hans Dieter Mairinger

Musik: Franz Moser

Aus: „Ein Stern is erschienen“
Neue Chorlieder für Advent und Weihnachten, BayerVerlag

Weihnachtsliada

Weihnachtsliada
tauchn so Aufaung Dezemba auf
und Ende Dezemba unta.
Dazwischn brauchst guade Nervn,
üwahaupt waunsta
als Aungstöllte in an Supamarkt
de Weihnachtsliada
va da Frua bis auf d´Nacht auhean muaßt.
Saure Gurkn helfn neta bedingt
geng des vüle Siaße.
Oropax is a ka Lösung net.
Am bestn waas,
du lasst di auf Weihnachtsmau umschuin.
Da kausta wenigstn
a dicke Haum üwa d´Ohrn ziagn.

Umtausch

Am Tag nach Stefani
wird ois umtauscht,
wasd z´Weihnachtn kriagt hast,
awa net passt oda net gfallt.
Neta dein Mau,
der da de falschn Steckalschuach
gschenkt hat,
den tauscht da neamt net um,
schad.

Ohne Punsch

Also, wauns mi fang,
i waß` genau,warum auf de Christkindlmärkt
de Punschstandln so bummvoill san,
weust nämlich des vüle Hallelujasinga,
des vüle Leichtn und Glaunzn
jetzt vor Weihnachtn
ohne Punsch gar net aushaltst.
A waunst mitn Punsch
de Christbam und Weihnachtsengal
oille doppit siachst,
hauptsach du hast a bissl an Tisch
zum Auhaltn.

Neta ans find i ziemlich unweihnachtlich,
des Planquadrat va da Polizei.
Weu da sponsast sauteia dein Freind und Helfa,
und daun lassns di blasn
und nehman da a nu in Führaschein weg.
Sowas stört den weihnachtlichn Friedn
und stessta in Punsch direkt bitta auf.

Des Kindal

Des Kindal,
des was z´Weihnachtn
in oana Krippn
in an Stall in Betlehem
auf d`Welt kuma is,
des is sicha ´s Christkindl,
und muaß jetzt z´Weihnachtn
gaunz sche an Streß habn,
wauns oille Kinda
de Babypuppn und de Playsteschn
und des gaunze elektrische Spülzeig
am vierazwanzigstn auf d´Nacht
untan Christbam stöllt.
Da hats sicha wen,
der was eam hülft,
weu es kau si ja do net zreissn
bei de vüln Kinda
und de vüln Gschenke.
Aussa es macht ois elektronisch
so wia mei Pappa bei de Mails,
da kriang a hundat Leit
auf amal deselbn Weihnachtswünsche,
und er braucht neta auf an Knopf druckn.

Was waa gwesn?

Was waa gwesn,
waun de Wirtn in Betlehem
net so herzlos gwesn waan
und dem Heilign Paar
do a kloas Kammal gebn hetn
fia de heilige Nacht,
dass´ net in an Stall üwanachtn hetn miassn, –
was waa gwesn?
Ka Krippn net, ka Stoh net und ka Hei,
ka Ox net und ka Esl,
kane Hiatn net,
de da mittn in da Nacht daherkuma waan,
ja net amal a Floh,
von dem da Waggal so sche gschriebn hat
in ana va seine Gschichtn.
A wauns a bissal wärma gwesn waa
in ana Wirtshauskaumma,
und waun dort ka kalta Wind net durchgwaht het
durch luckate Breda va an altn Stall,
trotzdem, es waa a Katastrofn
fia de vüln Krippalbaua,
waun de Wirtn net so herzlos gwesn waan,
damals in dera Heiling Nacht
in Betlehem.

Mei Strategie

Also heia,
heia passiert ma des nimma,
dass i mi am Stefanitag auf d`Waag stöll,
und i hab fünf Kilo mehr.
Na, heia passiert ma des nimma.
Mei Strategie is gaunz afach:
Aufn Christkindmarkt
geh in neta amal in da Wochn
statt sex mal fria,
tring an Kindapunsch
und iss statt fette Bratwiaschtln
a Langosch mit vül Knofi drauf.
Statt de vüln Keks
iss i hechstns a Stickal Früchtebrot,
und satt an fettn Pogauna
gibt's a zarts Fischal mit Gmias.
So hoff i halt,
dass i bis zum Stefanitag
mei Gwicht halbwegs halt.
Was daun zu Süwesta passiert,
dafia leg i mei Haund net ins Feia,
weu Süwesta ohne Sekt und ohne Sauschedl,
des is ka Süwesta net.
Und vielleicht schlick in nu a Marzipanschweindal,
schließlich soill ma sein Glick net im Weg steh.
Bleib i halt am Neujahrstag ling
und stöll mi net auf d`Waag.
Was in net waas, macht mi net haas.

Da Vierte

Es soill ja,
hab i gheat,
a vierta Heilingdreikini
mitgaunga sei mit de Drei.
Des soill a vakleideta Steiafaunda gwen sei,
der de gaunze schene Gschicht
mit Gold, Weihrauch und Myhre
wegn illegaler Geschenksübanauhme
oda gar wengan Bestechungsparagraf
vielleicht het platzn lassn.
Sowas passt net in d´Heilige Schrift,
drum hatn da Matthäus a gstrichn
aus sein Evangelium.
Eigantlich schad drum,
um den viertn Heilingdreikini,
der het wenigstns a bissl a Liacht einibracht
in de gaunze Finstan
und waa a Fressn gwesn
fia Heute, Östarreich und de Büldzeitung.

Wia riacht denn Weihnachtn?

Opa, wia riacht denn Weihnachtn?
fragt mei kloas Enkal,
wias grad da Oma beim Keksbachn hülft.
Wia Weihnachtn riacht?
frag i nach, wia waun is net recht vastaundn het.
Kinda stölln ja oft so gaunz eignartige Frang,
auf de ma als Erwachsana
gar net so recht a Auntwort woaß,
a waun ma zehn Semesta Philosophie studiert hat,
oda sunst was Gscheits.
Nach Vanille riachts,
waunst vül Vanillekipfal isst.
Und waun i kane Vanillekipfal net iß,
nach was riachts daun?
fragts weida.
Nau nach Zimt,
waunst vü Zimtstern isst.
Und waun i kane Zimtstern net iß,
gibt's nu oiweu koa Rua,
de kloane Zechn.
Daun riachts nach Bratwiaschtln,
de was ma oiweu am Heiling Abnd kriang.
Und waun i kane Bratwiaschtln net iß?
Daun riachts nach Weihrauch.
So, deng i ma,
jetzt fallt eam sicha nix mehr ei.
Awa na, so Kinda haum ja a Phantasie
net zum dabremsn.

Waun i awa net in d´Kirchn geh
und kan Weihrauch net riach,
nach was riacht daun Weihnachtn?
Awa jetzt, hab i ma denkt,
jetzt fallt eam nix mehr ei.
Nach Ox und Esl.
Na pfui, sagt mei Enkal,
Weihnachtn riacht do net nach Ox und Esl,
de riachn ja gar net,
des stinkn, pfui Teufi.
Und aussadem, Weihnachtn riacht nach
Chanel 5, des was de Mamma oiweu kriagt
vom Christkindl.
Gscheit, so Kinda, deng i ma,
awa warum frangs daun sovül?

Nach de Feiatag

A mauncha
woat schau sehnsüchtig drauf,
bis de Feiatag vabei san,
weu daun kumt endlich
a bissl was eina,
wauna de Weihnachtsgeschenke
ins Pfandl trang kau.

Weihnachtscamping

Da Onkl Ferdinand
macht z`Weihnachtn
oiweu an Campingurlaub
irgndwo im Schnee.
Da hata ois mit,
vom elektrischn Krippal
üwa des elektrische Ringlgspül,
des was „Stille Nacht“ spült
bis zum aufputztn Plastikchristbam.

Er mant,
Weihnachtn is nirgands net
so romantisch
wia auf an eigschneibtn Campingplatz.
Nau ja,
vielleicht hata recht,
da Onkl Ferdinand,
waun net ´s Gas ausgeht,
´s Wassa eigfreat
und da elektrische Christbam
net an Kurzn hat, -
vielleicht wirkli romantisch.

Da wirds awa Zeit.

Hast du a schau
a Weihnachtsgeschenklistn gschriebn,
wo oille Geschenke draufstengan,
de oille de Weihnachtsgeschenkempfänga
üwaraschn soilln?
Na, nu net?
Da wird's awa Zeit.
Jetzt is da Saumstag
vorm easchtn Adventsunntag,
heit muaßt zuaschlang,
bevor neta mehr da Ramsch üwableibt.
Ideal waas ja,
waunst di schau
beim Summaschlußvakauf
eideckt hetst,
da hetst da einiges daspart.
Und waun da
gar nix net eifallt,
wasd kafn soillst,
a Gutschein macht oiweu a Freid,
üwahaupt waun glei nach Weihnachtn
der Gutschein ´s Doppite wert is,
weus 50% im Ausvakauf gibt.
Also, irgandan Ausweg gibt's oiweu
bevorst an Geschenkekolla kriagst.
Gutscheine san Wertpapiere,
oft mit ana Dividende,
wo si dei Hausbank vasteckn kau
und du mit de Ohrn schlacklst.

Grad vor Weihnachtn

Is schau intaressant,
grad vor Weihnachtn
geht da Fernseha ei,
faungt de Klospülung zum Rina au
und gibt da Gschirrspüla in Geist auf, -
ois grad vor Weihnachtn.
Und waunst wo auruafst
und a Service mechst,
sagt a jeda,
wia aufn Bandl:
Leida, vor Weihnachtn nimma.
Wo do grad z´Weihnachtn
normalerweis
da Fernseha hoaß rennt,
des Klo dauabesetzt is
und da Gschirrspüla
sei Hoch-Zeit hat.
Grad Weihnachtn steht ois,
wia wauns sang mechatn oille,
mia woilln a amal
a bissl a Ruah,
bevor ma daun zu Süvesta
eh wieda auf Hochtourn
renna miaßn.

A Gansl

A fetts Gansl
gheat bei da Pospichal
zu an Weihnachtsessn dazua
wias Amen zum Gebet.
Drum geht de Pospichal
rechtzeitig eikafn,
weu da hats daun nu a Auswahl.
Was woillns denn fia a Gansl,
fragt de Vakäufarin de Pospichal.
Da het ma was aus Poiln,
und aus Ungarn,
sogar aus Fraunkreich
het mas a
und wauns woilln
haumas a aus da Tschechei.
Wissns was, sagt die Pospichal,
wos herkuman de Gansl,
des is ma eigantlich ziemlich wuascht,
hauptsach se schmeckn,
i wüll ja eh net redn mit eana.

Bescherung

Waun amal da Christbam brennt
so am Schluß vom stülln Advent,
waß a jeda z'letzt am End,
dass ma des Bescherung nennt.

H.D.M.

Erleuchtet ist die Dunkelheit

Text: Hans Dieter Mairinger

Musik: August Kubizek

Aus: "Ein Stern ist erschienen – Neue Chorlieder zu Advent und Weihnacht"

Ein etwas anderer Adventkalender

24 Freuden im Advent

1.

Die erste Kerze am Adventkranz,
die den Beginn des Advents anzeigt, eine Zeit aus Vorfreude und Sehnsucht nach Harmonie und Liebe.

2.

Der Duft nach Weihnachtskeksen,
die frisch aus dem Backofen kommen, die Erinnerung an Kindheit wecken und ganz frisch am besten schmecken.

3.

Die Suche nach Weihnachtsgeschenken,
ohne recht zu wissen was und für wen, aber mit dem aufrichtigen Wunsch, jemandem eine große Freude zu bereiten.

4.

Ein Barbarazweig,
der seine Blüten noch schamhaft versteckt, aber als Wunder zur Weihnacht erblühen wird als Zeichen dafür, dass etwas Wunderbares geschieht im Stall von Betlehem.

5.

Eine stille Lesestunde
mit einem Buch, das schon lange auf's Gelesenwerden wartet, und das irgendein Geheimnis birgt, das endlich entdeckt werden will.

6.

Eine Nikolausbegegnung,
ganz ohne Nikolausverkleidung vielleicht, aber mit irgendeinem Zeichen der Liebe, einem Lächeln etwa, einem freundlichen Wort oder einem Händeschütteln.

7.
Ein Stapfen durch den frischen Schnee
wie damals als Kind, als Schnee noch etwas Wunderbares war und noch nicht gleich weggeräumt wurde, weil er den Autos im Wege war.

8.
Maria Empfängnis feiern
ohne recht zu wissen, was an diesem Fest wirklich gefeiert wird, aber spüren, dass ein Supermarkt nicht der rechte Ort für diese Feier ist.

9.
Ein romantischer Sparziergang durch den verschneiten Wald,
mit dem ganzen Winterzauber und dem Geheimnis der Verwandlung aus Dunkel in winterhelles Weiß, das glänzt wie Silber.

10.
Die erste Weihnachtskarte lesen,
von einem Menschen, der nicht auf den Computer schwört, sondern der weiß, dass handgeschriebene Worte mehr Zauber haben als die schönsten Formulierungen über e-mail.

11.
Dem Lächeln eines kleinen Kindes begegnen,
quasi als frohe Vorahnung auf das Kind,
das zur Weihnacht in der Krippe im Stall von Betlehem geboren wird zur Freude aller Welt.

12.
Die Adventhalbzeit feiern
und sich freuen, dass es nicht mehr lang dauert bis zum Fest, dem Fest des Lebens, dem Fest der Freude und dem Fest der Liebe.

13.
Den Vögeln vorm Fenster Futter streuen
und ihre Freude an dieser Liebesgabe teilen, wenn sie in Scharen kommen zum reich bereiteten Mahl aus Sonnenblumenkernen und Speckschwarten.

14.
Einen Weihnachtsstern schenken
oder geschenkt bekommen und sich freuen an dem wunderbaren Rot in der farblosen Winterzeit. Und gewiss sein, dass die Farbe Trost sein kann in einem manchmal farblosen Leben.

15.
Die erste Krippe in einem Schaufenster entdecken,
und wie ein Kind glänzende Augen bekommen in der Erinnerung an damals, als Kindheit noch Gegenwart war und frohe Glückseligkeit.

16.
Durch einen Christkindlmarkt gehen,
den Duft und Glanz genießen und den Zauber der Lieder, die ein Kinderchor singt, so als würden Engel singen im Stall von Betlehem.

17.
Ein Adventkonzert besuchen
und sich verzaubern lassen von der Musik und den Texten, die die Weihnacht so nahe sein lassen und all die Freuden des Festes.

18.
Einen lieben Menschen besuchen
und ihm Aufmerksamkeit und Zeit schenken in all seiner Einsamkeit, und so für eine Stunde Trost sein und Freude, wahre Weihnachtsfreude.

19.
Einen Weihnachtsbrief schreiben,
keine Karte, nein, einen ganzen Brief, um zu zeigen,
wie lieb man jemand hat, und dass man sich Zeit nimmt
für ihn trotz allem Stress und aller Weihnachtshektik.

20.
Am Adventkalender eines der letzten Türchen öffnen
und sich freuen wie ein Kind über das, was hinter dem
Türchen erscheint, auch wenn es nur ein Teddybär ist
oder ein scheues Reh im Winterwald.

21.
Eine Auszeit nehmen
in der ganzen Weihnachtshektik und einfach nur
nachdenken, was eigentlich wichtig ist zu Weihnachten
und was unwichtig.

22.
Mit dem Schlitten einen kleinen Hügel hinunterfahren,
wie damals als du noch Kind warst und dich freuen
konntest über so eine kleine Schlittenfahrt, - aufrichtig
freuen.

23.
Deine Lieblingskirche besuchen, heute am Vortag vor
dem Heiligen Abend. Dort eine Kerze anzünden und
still davor sitzen bleiben im Licht dieser Kerze, nur
sitzen bleiben und sonst nichts.

24.
Heute nichts tun als sich freuen
auf das, was der Heilige Abend bringt, was das Fest uns
schenkt und wie unsere Sehnsucht Erfüllung findet, -
unsere Sehnsucht nach Freude, Liebe und Frieden.

Da desparate Jokl

Ein Hirtenmonolog

I waß net, wia i sang soill, awa des Gaunze is ma irgndwie z'vül wuan. Zeascht amal da Engl, der so mir nix dir nix oafach dagstaundn is mittn unta d'Schaf und uns dazöhlt hat va an Kind, des auf d'Welt kuma is drunt in Betlehem in an Stall mittn auf an Feld. Und nu net gnua, des soill da Bua vom Herrgott sei, auf den oille so wartn soilln.

Na, des ois mittn in da Nacht, wo i normalaweis schlaf wia a Ratz, waunst da net desparat wirst. Kau ja eh sei, dass i des ois neta tramt hab. Awa wiri daun mit oille meine Spezln awi bi nach Betlehem, wias uns der Engl augschafft hat, da wirkli wahr, in an altn luckad Stall in ana Fuadakrippn fia Rindviecha, da liegt wirkli wahr a neigeborns Kindal, und danem gaunz wundalich san a Mau und a Frau, wahrscheinlich de Öltan va dem Gschrappn. Und gaunz selig haums dreigschaut, neta a bissl gschreckt haum sa si schau, wias uns oille kuma gseng haum. Is ja a koa Wunda net, waun mittn in da Nacht so kraumpate Maunnaleit zu so an kloan Knoza kuman, der in Herrgott sei Bua sei soill, wias hoaßt.

Na, waun ma da net a wengl durchanaunda kumt va lauta so sondabare Sachn, waas koa Wunda net. Bsundas, des mitn Herrgott sein Buam, des geht ma net eini in mein bledn Schädl.

Was is des fia a Herrgott, da owaste Schef va da gaunzn Welt zaum sogar mit Sunn, Mond und Stern, und daun soill des kloane Büawi in der luckadn Heihittn sei Bua sei. Na waunst da net a bissl zum Siniern und Spekuliern aufaungst. Jednfalls in mei kloas Hirn geht de gaunze Gschicht net eini.

Awa es soill ja Sachn gebn, de net so oafach zum Vasteh san, und trotzdem sans wahr, a wauns net in unsa

Hirnkastl einigengan. Jednfalls i het ma des Gaunze schau a bissl feialicha und glaunzada vuagstöllt. Ja bitte, a Stern, der ma sunst nia recht aufgfalln is, der hat schau gaunz bsundas gleicht. Und so a schens Singa war a zum Hean, wia i s` eigantlich nu nia net gheat hab. Richtige Engln soillns gewesn sei, de da so hümmlisch sche gsunga haum. Guat, des war ois schau was Bsundas. Awa de luckade Heihittn und de Fuadakrippn mit an gwendlichn Hei und Stroh drin, des passt ma net gaunz dazua zu dem gaunzn Hümmlischen rundumadum. Awa ma muaß net oiweu ois glei begreifn, üwahaupt waun mas mehr in de Hent und de Fiaß hat als wia im Kopf. Und i bi a gar net so gwiß, ob üwahaupt da Kopf des Wichtigste is aun uns Menschn, üwahaupt bei de gaunzn hümmlischn Sachn.

Is ja schau einartig, dass der Engl grad zu uns kuma is mit seina Botschaft und net zu de Gstudiertn, de de Gscheitheit min Löffi gschlickt haum, wias so sche hoaßt. Mia oafachn Hirtn kriang de frohe Botschaft, des alloa miassat an schau stutzig machen, ehrlich gesagt.
Awa is´ wias is, üwa so a neigeborns Kindal gfreit si do a jeda, was a gsagt und prophezeit wird va eam, und was a amal wean soillt aus eam. Vielleicht woillt da Herrgott oafach wen schickn, der Schluss macht mit der gaunzn Streitarei und Kriagstreiwarei auf da Welt. Waa eh hechste Zeit, dass endlich amal oana kumt, der an Friedn macht. Weu so wia bisher kaus eh net weidageh. Üwarall de Schlechtigkeitn und Feindschaftn, des is do koa Lebn net.
Vielleicht is des kloane Büawi de Rettung aus dem gaunzn Schlamassl, wer woaß´, hechste Eisnbauhn waas. Hoffn tan mia eh schau de längste Zeit, dass amal oana kumt, der de Gottsowastn de Wadln vieri richt. Irgndwia gspia is, dass´ jetzt soweit is, und dass uns da Herrgott endlich amal unta d'Arm greift und unsa Hoffnung auf Friedn erfüllt, - unsa Hoffnung auf ewign Friedn.

Mitten in der dunklen Nacht

Text: Hans Dieter Mairinger

Musik: Fridolin Dallinger

Aus: "Ein Stern ist erschienen – Neue Chorlieder zu Advent und Weihnacht"

Inhalt

`s Geheimnis va Weihnachtn

´s Christkindl kummt?

Da Weihnachtszirkus

Weitere Weihnachtsbücher von H.D.M

In Bethlehem im Stall
5. Neuauflage 2011,
erweitert mit satirischem Weihnachtsalphabet

114 Seiten ISBN 978-3-902814-66-1 14,40

Brauchst di net fiachtn
Meditationen in Umgangsprache mit 16 Engelbildern v Margret Bilger
Speziell im Weihnachtsfestkreis sind es Engel, die dieses „Fürchte dich nicht“ an Maria, Josef und die Hirten richten...
188 Seiten ISBN 978-3-902814-31-9 **11,90 €**

Feste feiern - ein Gang durchs Festjahr von Neujahr bis Silvester
2007, ISBN 978-3-902814-25-8, **13,90 €**